Sueños
salvajes

Sueños salvajes

MARGARITA ENGLE

**TRADUCCIÓN DE
ALEXIS ROMAY E INMA SERRANO**

atheneum

Nueva York   Ámsterdam/Amberes   Londres
Toronto   Sídney/Melbourne   Nueva Delhi

Un sello editorial de Simon & Schuster Children's Publishing Division
1230 Avenida de las Américas, Nueva York, Nueva York 10020
Durante más de 100 años, Simon & Schuster ha abogado por los autores y por las historias que estos crean. Respetar los derechos de la propiedad intelectual permite que Simon & Schuster y los autores continúen publicando libros excepcionales. Gracias por apoyar los derechos de autor al comprar una edición autorizada de este libro.
Queda prohibida la reproducción, copia o distribución total o parcial de este libro en cualquier medio o formato, así como su almacenamiento en cualquier sitio web, base de datos, modelo de aprendizaje de idiomas u otro repositorio, sistema de recuperación o inteligencia artificial sin permiso expreso. Todos los derechos reservados. Para cualquier consulta, diríjase a Simon & Schuster, 1230 Avenue of the Americas, New York, NY 10020 o a permissions@simonandschuster.com.
Este libro es una obra de ficción. Cualquier referencia a sucesos históricos, personas reales o lugares reales está usada de manera ficticia. Los demás nombres, personajes, lugares y sucesos son producto de la imaginación de la autora, y cualquier parecido con sucesos o lugares o personas reales, vivas o fallecidas, es puramente casual.
Texto © 2024 de Margarita Engle
Traducción © 2025 de Simon & Schuster, LLC
Traducción de Alexis Romay e Inma Serrano
Ilustración de la portada © 2024 de Gaby D'Alessandro
Diseño de la portada de Rebecca Syracuse
Originalmente publicado en inglés en 2024 por Atheneum como *Wild Dreamers*
Este título ganó el Premio Honorífico Pura Belpré 2025 para Autor de Libros para Adolescentes por la edición en inglés estadounidense publicada por Atheneum Books for Young Readers en 2024.
Todos los derechos reservados, incluido el derecho de reproducción total o parcial en cualquier formato.
El logo de Atheneum es una marca comercial de Simon & Schuster, LLC.
Para obtener información respecto a descuentos especiales en ventas al por mayor, llame a Simon & Schuster Special Sales, 1-866-506-1949, o escriba a business@simonandschuster.com.
Simon & Schuster cree firmemente en la libertad de expresión y se opone a la censura en todas sus manifestaciones. Para obtener más información, visite BooksBelong.com.
El Simon & Schuster Speakers Bureau puede llevar autores a su evento en vivo. Para obtener más información o para reservar a un autor, póngase en contacto con Simon & Schuster Speakers Bureau, 1-866-248-3049, o visite nuestra página web en www.simonspeakers.com.
Diseño del interior del libro de Rebecca Syracuse
El texto de este libro usa la fuente Charter Roman.
Fabricado el los Estados Unidos de América
Primera edición en español, julio de 2025
10 9 8 7 6 5 4 3 2 1
Número de catalogación de la Biblioteca del Congreso
Names: Engle, Margarita, author. | Romay, Alexis, translator. | Serrano, Inma, translator.
Title: Sueños salvajes / Margarita Engle ; traduccion de Alexis Romay e Inma Serrano.
Other titles: Wild dreamers. Spanish
Description: Primera edición en español. | New York : Atheneum Books for Young Readers, 2025. | Audience: Ages 12 and up. | Summary: Told in alternating voices, determined to make a difference and heal from their troubled pasts, teens Ana and Leandro fight to protect California wildlife and the endangered puma.
Identifiers: LCCN 2024029791 (print) | LCCN 2024029792 (ebook) | ISBN 9781665950671 (hardcover) | ISBN 9781665950664 (paperback) | ISBN 9781665950688 (ebook)
Subjects: CYAC: Novels in verse. | Family problems—Fiction. | Anxiety—Fiction. | Wildlife conservation—Fiction. | Puma—Fiction. | Cat family (Mammals)—Fiction. | California—Fiction. | Cuban Americans—Fiction. | Spanish language materials. | LCGFT: Novels in verse.
Classification: LCC PZ73.5 .E5476 (print) | LCC PZ73.5 (ebook) | DDC 398.8 [E]—dc23

OTROS LIBROS DE MARGARITA ENGLE

Aire encantado:
Dos culturas, dos alas: una memoria

The Firefly Letters:
A Suffragette's Journey to Cuba

La selva

Hurricane Dancers:
The First Caribbean Pirate Shipwreck

Jazz Owls
A Novel of the Zoot Suit Riots

The Lightning Dreamer:
Cuba's Greatest Abolitionist

Isla de leones:
El guerrero cubano de las palabras

The Poet Slave of Cuba:
A Biography of Juan Francisco Manzano

La rebelión de Rima Marín:
El valor en tiempos de tiranía

Silver People:
Voices from the Panama Canal

La tierra al vuelo:
Una continuación de **Aire encantado**, su libro de memorias

El árbol de la rendición:
Poemas de la lucha de Cuba por su libertad

Tropical Secrets:
Holocaust Refugees in Cuba

The Wild Book

Alas salvajes

Con una estrella en la mano

Tu corazón, mi cielo:
El amor en los tiewmpos del hambre

*a científicos
y futuros científicos
con gratitud, admiración y esperanza*

Sueños
salvajes

La renaturalización es una práctica de conservación que consiste en restaurar los hábitats naturales. Incluye el establecimiento de pasos de fauna salvaje y la protección de los depredadores ápice. Los pasos de fauna permiten que los animales crucen con seguridad las carreteras y otras barreras hechas por los seres humanos. Estos cruces evitan el aislamiento genético de las poblaciones reproductoras. Los depredadores ápice se encuentran en la parte superior de la cadena alimentaria, sin depredadores propios, aunque son vulnerables a la caza, la pérdida de hábitat y otras acciones dañinas por parte de los seres humanos.

Balsero

Leandro

17 años

Mi familia huyó de Cuba
en una balsa que era un revoltijo improvisado
hecho con neumáticos, madera y miedo,
hace exactamente diez años, cuando yo recién
había aprendido
a leer y lo único que se me antojaba eran las historias
de aventuras.

En nuestra balsa en el mar, mi propia historia
se convirtió en algo aterrador de un modo
que hace que la memoria
sea peligrosa.

Lo primero fue una cueva oculta
en la que una pareja misteriosa
conocida como Amado y Liana
estaba rodeada de perros cantores
y dibujos cavernícolas de una muchacha-pájaro
a quien le daba una serenata un joven
con una guitarra encantada
que se dice que atrae
a criaturas aladas y cuadrúpedas
a quienes les encanta la melodía tanto
como la muchacha-pájaro y el muchacho-guitarra
se aman entre sí.

Perros musicales y canciones mágicas
fueron suficiente como para que mi imaginación se
hiciera un remolino
como la masa en el pozuelo de mezclar en una pastelería,
pero no habría ni pan fresco
ni pastelitos dulces
en esa peligrosa balsa
en la que perdí
toda la valentía.

Liana nos dio comida enlatada, agua de botella
y una brújula, mientras que Amado hizo con
sus manos unos salvavidas
—curtidos por el sol— de nylon amarillo relleno con
la pelusa sedosa
de las lianas de la ceiba, ese árbol sagrado.

En una noche sin luna, la balsa fue echada a la mar
y pronto mis padres, mi hermano mayor —Emilio— y yo
temblábamos en el vaivén de las enormes olas
mientras dábamos tumbos más allá de los movimientos
circulares de los tiburones
bajo las serpentinas de las mariposas
migratorias
y los colibríes.

Me dije que si esos frágiles animales alados
eran valientes
por encima de esas olas,
yo también lo sería, pero en vez de coraje
lo único que descubrí
fue horror
seguido de tristeza
y luego la misericordia
de un cachorro de pastor escocés
que supo ofrecer consuelo
al cantar melodías caninas sin palabras,
que son más poderosas
que el inmenso mar.

Cielo, la perra cantora

canté al muchacho más joven
porque a él era a quien
le hacía falta que lo salvaran
de su propio
desgarrado ritmo
de miedo

Nocturno
Leandro

Fue culpa mía
que nos viéramos obligados a huir de nuestra patria.
Fue culpa mía que papá se ahogara
cuando me salvaba
para que no me hundiera.

Fui yo quien reveló el secreto de mis padres
cuando todavía vivíamos en Cuba, y fui yo quien se cayó
de la balsa y tuvo que ser rescatado.

He sido nocturno desde entonces, me han mantenido
en vela las pesadillas de olas monstruosas,
sueños espeluznantes
que se me quedan en la mente a lo largo del día siguiente
transformados en ataques de pánico.

Hasta que la cachorrita polizón fue entrenado
para ser mi perra de terapia, me desmayaba en el agua
y en tierra firme.

Cielo me enseñó a respirar
como un can.

Cielo, la perra cantora

Canturreo una canción
en su mano
hasta que comprende
que es hora de sentarse
y quedarse quieto
por si se desmaya
en presencia
de las olas —ya sean reales
o imaginadas— no olvide
cómo inhalar
lento
profundo
sosegado
animal
como una música

El parque salvaje

Ana

17 años

Me siento como una isla
en un mar de hojas verdes.

Mi cama es el asiento trasero de nuestro pequeño
carro desordenado, aparcado bajo enormes árboles.

Lo que a mamá y mí nos hace falta en verdad
es un techo y paredes, un piso
y reposo natural,
pero aquí estoy sin techo y despierta,
así que bailo a lo largo de un sendero de tierra bajo
los robles con ramas que se doblan como amigas
que anhelan escuchar la percusión
de mis frenéticos
pies que tamborilean.

Sin techo
Ana

Este parque salvaje es solo un eslabón
en una larga cadena de postas militares renaturalizadas
que llaman la Golden Gate National Recreation Area.

Es una tierra salvaje urbana, un cinturón verde,
largo y angosto
que impide el desarrollo y mantiene
la vida silvestre a salvo.

Si tan solo además hubiera suficientes hogares
para las personas,
para familias como la mía, con una mamá trabajadora
que ni siquiera puede permitirse alquilar
un garaje reformado
tan cerca del lujoso Silicon Valley,
donde hasta el más pequeño estudio
cuesta una fortuna.

Mamá casi gana suficiente dinero
como botánica del Gobierno
en el aeropuerto de San Francisco,
donde identifica hierbas de contrabando
y raras orquídeas traficadas por ladrones codiciosos

que importan especies en peligro de extinción,
pero la mayor parte de su salario se lo tragan
todos los abogados caros
y detectives privados
que contrató
en un esfuerzo por localizar
a mi padre fugitivo...

así que ahora el parque silvestre es nuestro
hogar al aire libre,
y lo único que hago es bailar bajo los robles
y desear
rezar
creer
que de alguna manera
pueda haber zonas seguras
para ambos: criaturas salvajes
y humanos
sintecho.

Flor mariposa
Ana

En la escuela me quedo tranquila durante las clases
y me siento como un arbusto topiario
                podado
                y moldeado
                por el tiempo
                          para que ninguna rama
                          jamás tenga la libertad de florecer.

En vez de escuchar fórmulas matemáticas,
evoco un siglo que nunca veré
cuando mi tocaya taína —Ana Tanamá—
aún vivía y peleaba valientemente en
los tribunales coloniales
—un esfuerzo condenado al fracaso— para defender
nuestra tierra tribal
de las espadas afiladas y los documentos falsos
de los conquistadores.

«Ana Tanamá» significa «Flor Mariposa» en taíno.
Me encanta pensar que somos parientas cercanas,
aunque ella nació en 1555, la primera antepasada
en el ornamentado árbol genealógico de mi madre,
en el cual yo soy la línea final.

Diversidad
Ana

No alzo la voz en la clase de Ciencias Sociales
cuando hablamos de una sociedad multicultural.

Mamá se fue de Cuba por tener suerte
al ganar «el bombo»,
una lotería fortuita, el más codiciado
—y casi imposible— sendero para llegar
a estos divididos   aunque supuestamente
unidos
estados de América.

Washington considera esta lotería
su programa de visas de inmigración por diversidad,
pero no hay eufemismos sofisticados
que muestren por qué esta escuela pública
es casi toda latina,
mientras que los hijos de los trabajadores tecnológicos
asisten a preparatorias académicas de élite
que perpetúan en California
la versión moderna
de la segregación.

Se nota por el estilo de las cercas.
Las escuelas privadas parecen clubes privados.
Las públicas parecen cárceles.

Bailar con los ancestros
Ana

Después de otro confuso día escolar,
corro en la noche oscura a través del parque salvaje,
me muevo entre brillantes charcos
de luz de luna,
donde las sombras
bajo los robles
me sosiegan
con letras
susurradas
por las hojas.

Me imagino espíritus que celebran
a mi alrededor: Ana Tanamá
y mis otros parientes invisibles.

Sus palabras taínas son hermosas.
«Bohío» significa «casa», mi anhelo favorito.
«Cuyo» es «luz», «güey» es «sol», «guatu» es «fuego»,
«hura» significa «viento», «huracán» es «tormenta»,
y «catey» es «problema».

Cuando me uno a la danza mística
siento que mis esperanzas se elevan hacia turey,

el amplio cielo donde todo
es azul y pacífico
para que tal vez haya una manera
de creer en el apito —la infinidad—,
un lugar al que tal vez llegue
algún día,
si tan solo sobrevivo
el ahora.

Luz de luna
Ana

Eufórica con la alegría del baile,
paso letreros que me recuerdan que tenga cuidado
con las serpientes de cascabel y el roble venenoso,
seguidos de una advertencia
que hace que el corazón me salte al galope:
TERRITORIO DE LEÓN DE MONTAÑA
SI VE UN PUMA, INTENTE PARECER GRANDE.
SUBA LOS BRAZOS EN ALTO. SACÚDALOS.
HAGA RUIDO.
RETÍRESE LENTAMENTE. NUNCA CORRA.

En otras palabras: he de convencer al depredador
de que también soy poderosa, no solo un delicioso
bocado de presa...

Pero incluso antes de comenzar
a practicar cómo aparentar ser GRANDE,
escucho la más hermosa melodía espeluznante
no humana,
como si la luz de luna
se hubiera transformado
en música.

Cielo, la perra cantora

la muchacha absorbe mi voz
y sabe que no está sola
en este mundo perfumado
siempre rodeado
por un coro
de crecimiento musical

ella es tan claramente la pareja olfativa del muchacho
pero ¿cómo voy a lograr mostrarle
que él es mucho más valiente
de lo que parece?

ser casamentera es el mayor desafío
de todo perro cantor
y la tarea más satisfactoria

quienes nos llaman ángeles guardianes no se dan cuenta
de lo duro que trabajamos para llevar la luz del amor
al obstinado reino
de los hocicos pequeños
de las posibilidades humanas

La muchacha salvaje
Leandro

Cielo la ve primero y me avisa con una canción,
como si la muchacha fuese un peligro,
pero esta visión danzante
no infunde miedo, sino que está llena de gracia
y es espectacular, con el pelo negro que le cae en cascada
mientras levanta los brazos
para agitar ambas manos
con los dedos que señalan
más allá
de mí,
hasta que Cielo y yo nos damos la vuelta
y estamos cara a cara con un puma adulto macho
que debe pesar al menos
doscientas libras.

El brillo en sus ojos es ámbar,
refleja la luz de luna.

Músculos de un rubio oscuro.
Las garras desenfundadas.
Los dientes a la vista.
Un gruñido.

Está listo para abalanzarse
hasta que la muchacha retrocede y ruge
una furia bilingüe de palabrotas
que la hacen sonar
tan cubana
como cualquier señora borracha
en una parada de guaguas en Miami.

Sonrío.
Ella frunce el ceño.
Cielo nos da la serenata.

Puma concolor, dice la muchacha al nombrar
al gato salvaje por sus nombres científicos,
ambos el del género y el de la especie,
así que sé
que es una abelardita.

Me hago crecer
Ana

Muchacho atractivo.
Sonrisa encantadora.
Lindo perro pastor escocés.
Puma concolor.

Obedezco las instrucciones del letrero
de que me haga GRANDE, cosa bastante fácil
cuando bailo con los brazos extendidos
y agito maracas imaginarias,
sin importar que nada de esto
sea real. Debo haberme quedado
dormida
en el carro,
luego caí en picado
más y más
profundamente
en mi extraño
vívido mundo de sueños.

Nos estudiamos mutuamente

Leandro   *Ana*

sus ojos del bosque   su mirada cálida
verde y marrón   piel de cedro
al mismo tiempo   sonrisa del alba

         cabello de medianoche

curvilínea   robusto

     animada   constante

          mientras
     nos miramos mutuamente
       el puma   se esfuma

    todas estas visiones parecen
        completamente
          irreales

Nos sobresaltamos mutuamente
Leandro

Cielo está en silencio y tranquila.
Me agacho
para acariciar el suave pelaje azul
          pero la muchacha salvaje extiende la mano
          exactamente al mismo instante.

Su cabello negro
se inflama como una cascada
hecha de sombras
hasta
aquí,
en donde nuestras manos se tocan
en el lomo de mi perra,
      mis dedos
          resplandecen,
            los suyos también,
              como si los dos fuésemos
          luminosas
        criaturas de luna.

La vida es un signo de interrogación
Ana

Retrocedo lentamente
tal como indica el letrero
luego me deslizo hacia mi cama-carro
      con la esperanza de que el hermoso muchacho
      del dulce perro
      no vea
      dónde
      vivo
sin un hogar
con minerales en los huesos
luz de luna en las manos
todo está vivo
hasta

el aire

La imagen perdura
Leandro

Cielo y yo nos deslizamos loma abajo
en la nueva camioneta de la pastelería
en un sinuoso camino de campo
en el que ese innombrable
                destello de luz
se queda conmigo…
los ojos de bosque de la muchacha salvaje
centellean como estos rayos
                de energía visible
                que brilla
en las puntas de mis dedos
                cuando agarro
el volante
y hago un esfuerzo por aferrarme
                a improbables
                      posibilidades.

¿Por qué?
Leandro

La pastelería está vacía.
Seguro que arriba todos duermen,
así que me escurro a través de la puerta del apartamento
de tío Leno
en el segundo piso
y el nuestro en el tercero,
y luego otra tanda de escalones de madera
hasta un mirador en la azotea de estilo victoriano,
en donde Cielo canturrea con alegría
mientras yo inhalo el salitre del enorme mar
allá abajo, en donde las ballenas saltan y cantan
en su propio idioma.

Si me digo que soy valiente,
¿acaso la mentira se convertirá en una verdad?

¿Por qué no hablé con valor,
para preguntar el nombre de la muchacha
o cualquier otra pista al misterio
de nuestro resplandor
                compartido?

Cielo, la perra cantora

cada canción es un eco
de las que vienen antes y después

pero cada melodía de amor
siempre es
nueva

y el porqué no importa
solo el cuándo: ahora

La morriña del día escolar
Ana

El muchacho atractivo con el perro azul
todavía parece inquietantemente cerca,
casi como si nuestro resplandor
fuera un recuerdo,
no un ensueño.

Si tan solo pudiera continuar mi baile
en ese parque salvaje
hasta encontrármelo
una
y otra vez
tal como los ancestros
que nunca me abandonan...

pero en cambio, repito
movimientos ensayados todo el día, en cada clase
y en mi casillero, mientras hago como si no me importara
que estoy sin techo
y melancólica.

La historia escrita de las adolescentes
Ana

En la clase de Biología
trabajo en mi complicado proyecto de laboratorio
en el que intento hacer una auténtica tinta negra
al extraer tanino de la agalla del roble
de trozos de corteza interna
y madera externa que recogí
en el parque salvaje.

Las agallas son bultos creados por avispas
que infestan los árboles.

Hubo una vez cuando la agalla de roble
era la fuente principal de tinta para los libros,
periódicos y cartas.

Imagina el pasado sin esos ingeniosos insectos:
no habría notas de amor en absoluto,
solo corazones tallados en troncos de árboles
y deseos secretos
como los míos.

La consejera escolar lo sabe
Ana

Se da cuenta por mi ropa sin lavar
y mi mirada insomne.

Me aconseja que siempre diga «sin techo»
en lugar de «sin hogar»,
para que entienda que es temporal
y no un rasgo intrínseco de mi carácter,
pero estoy segura de que cuando ella se monta
en su carro
al final de cada día, regresa a un lugar
que la hace sentirse en casa,
no solo bajo techo.

Me da un regalo: *El libro de la esperanza*,
de Jane Goodall, Douglas Abrams y Gail Hudson,
acerca de la protección de especies
en peligro de extinción.

Luego me lleva a un armario
lleno de golosinas, chaquetas, cuadernos,
lápices, jabón, pasta de dientes, tampones
y otros suministros de supervivencia donados
para estudiantes como yo: muchachos

con padres inmigrantes trabajadores
que no pueden pagar el alquiler.

Todo está disponible
en este almacén de regalos
de desconocidos adinerados: todo
menos la dignidad.

BÚSQUEDA
Leandro

Regreso al parque con Cielo,
con la esperanza de encontrar a la muchacha salvaje,
pero lo único que veo es un coyote,
conejos, lechuzas y una pegajosa
y amarillísima babosa de plátano
que se parece a una criatura
de una película de ciencia ficción.

Mañana comenzaré un nuevo día escolar
con Cielo a mi lado: nadie
puede rechazar a una perra de servicio,
al menos si tiene el chaleco
que luce como una suave armadura de tela
y le permite protegerme
de mis hasta ahora
incontrolables
         ataques
   de
    un pánico
         nauseabundo.

Llena de hogar
Ana

Esta noche mamá luce más joven
cuando nos sentamos en el carro a engullir galletas
y una mezcla de frutos secos que traje
de ese almacén de la escuela y *pretzels*
que ella se robó del aeropuerto.

Mañana nos mudaremos, anuncia mamá
con una voz alegre que me consuela.
Va a cambiar de trabajo, luego de aceptar una oferta
de un amigo de la infancia.

Va a dirigir un vivero.
Plantas nativas de California.
Algodoncillo para mariposas monarcas.
Trigo sarraceno silvestre para alimentar a los abejorros.
Saúco para atraer a las aves cantoras.
Lila silvestre para la belleza y la fragancia.

¿Un amigo de la infancia?
Eso significa alguien de Cuba.
¿Un vivero de plantas nativas?
Eso será trabajo físico
en lugar de escuchar educadamente el enojo

respecto a aviones retrasados, equipaje perdido,
cancelaciones de vuelos y plantas confiscadas
por ser especies protegidas
o porque pueden introducir plagas y enfermedades
en los cultivos.

Cuando pregunto a mi alegre madre
dónde estacionaremos el carro por la noche,
se ríe como una niñita,
emocionada de informarme
que ¡su nuevo trabajo
viene con una casita de campo!

No estaremos sin techo
ni sin esperanza, estaremos llenas de un hogar.

Me miro las manos,
con la esperanza de que vuelvan a brillar
pero por lo visto tocar
a cierto muchacho que pasea a un perro
es la única manera de crear
esa luminosidad
onírica.

Sueño contigo
Leandro

Sueño contigo
quienquiera que seas.

¿Por qué no pregunté nombre,
teléfono, dirección, cualquier pista
de tu identidad...?

Ahora pareces tan imposible
como el puma de ojos dorados luego de que se esfuma
en la penumbra.

Mientras duermo y en la vigilia,
sueño contigo
constantemente.

¿Acaso alguna vez
sueñas conmigo?

Rescatadas
Ana

Recorro el último día
en mi antigua escuela
con la certeza de que los ancestros
            valientemente
            me han llevado en un baile
hacia este extraño mundo.

Pronto, voy a vivir en una casita de campo
donde no tendré que hacer una cama improvisada
al empaquetar ropa en una bolsa de basura de plástico.

Habrá paredes, un techo, tal vez incluso estanterías,
y la población local de personas sin techo
caerá en picado de decenas de miles
a decenas de miles
menos dos.

Mamá y yo por fin empezaremos a comer en una mesa,
y nunca olvidaremos compartir
lo que sea que tengamos
siempre que un mendigo
extienda la mano en cuenco
en una noche brumosa

como si esperase pacientemente
un destello
      de luz del sol.

El primer día
Leandro

La mascota de esta nueva escuela es un puma que gruñe,
pero el logotipo del equipo escolar dice
«león de montaña».

León de montaña.
Gato montés.
Pantera.
Pintor.
Tantos nombres para una especie que tiene un rango
que abarca de Alaska a la Patagonia.

Cuando Cielo y yo entramos a la clase de Biología,
su chaleco de perro de servicio nos marca a los dos
como una rareza de dos corazones y seis patas.
Es del tamaño de una pastora escocesa
e igual de inteligente y lanuda, así que las muchachas
de inmediato la arrullan y me piden que las deje tocarla,
pero les tengo que decir que eso no está permitido.
Los perros que trabajan tienen que concentrarse.
No pueden jugar con desconocidos.

Así que hago un esfuerzo por darles la cara
a las miradas de sorpresa.

Estoy decidido a aparentar confianza
incluso si nadie entiende mis ataques de ansiedad
y la necesidad médica de una compañía canina...

pero de repente las venas me hierven
y luego fluyen en cámara lenta
cuando veo a la muchacha salvaje
del parque salvaje
que escribe tranquilamente
una suerte de caligrafía arcaica
al mojar una larga pluma blanca
en un tintero azul de vidrio.

¿Estudiamos los viajes en el tiempo
o acaso ella es en verdad tan inusual
como aparenta serlo?

Corona tímida
Ana

Él no sonríe
y yo no logro hablar.

Quizás seamos coronas tímidas
como los árboles del bosque que en sus ramas más altas
se dan
                    espacio
en lugar de
                                    superponerse
para que la mayoría de las hojas
            reciban al menos un poco
                        de luz del sol.

Intento apretar los labios, pero la sonrisa forzada
luce tan rígida como un ceño fruncido.

Digo mi nombre en voz alta —Ana Tanamá—
mientras me pregunto, ¿volveremos a ser alguna vez
el muchacho del perro azul y yo
bioluminiscentes?

Lado a lado

Ana   *Leandro*

Salimos	no hablamos
de clase	
juntos	
Me acerco	sin un perro esto sería
solo para probar	tan incómodo, pero Cielo canta
el efecto	
del tacto	
ocurre	la piel resplandece
nuestras manos	
destellan	
meteoros	luciérnagas
se elevan	

Cielo, la perra cantora

con la luz del amor
aun las sombras
llegan a ser tan brillantes
como el alba

La primera conversación
Ana

Almorzamos juntos,
hablamos primordialmente de Cielo,
el parque salvaje, los pumas
y de que esta escuela solo tiene un cincuenta por ciento
de gente de color,
mayormente mexicanos aunque hay muchos peruanos,
guatemaltecos y salvadoreños,
familias de pescadores, campesinos,
guías de avistamiento de ballenas y surfistas.
Los únicos cubanos de este pueblo
están justo aquí en nuestra mesa
y dentro de nuestras casas.

Es tan increíble decir la palabra «casa»
seguida de «hogar», mientras alternamos,
y ponemos a prueba nuestros cuatro idiomas compartidos:
inglés, espanglish, español y un poco de taíno,
junto con el encanto sin palabras de la atracción,
mientras nos confesamos quiénes somos,
dónde hemos vivido, por qué nos mudamos,
las complicaciones familiares, los parientes
dejados atrás en la isla,
la añoranza

la esperanza
su hermano
que quiere ser un surfista de olas gigantes
como su tío, y mi madre que
tiene un nuevo trabajo genial, y su padre
que se ahogó mientras lo rescataba,
y el mío
que desechó
a nuestra familia
como basura.

Cuando él se acerca
su aroma es una mezcla tentadora
de café fuerte
y masa de galletas.

Me pregunto si aún huelo a sintecho
ahora que estoy tan llena de hogar.

Resplandor
Leandro

Ya sé que parecerá que me jacto,
pero le cuento a Ana del club de renaturalización
en mi antigua escuela en Miami y del proyecto
al cual me uní con Cielo, de entrenarla para seguir
la pista olfativa de huellas y heces
para ayudar a los biólogos a hacer un mapa
de partes de los Everglades, en donde los pasos de fauna
ahora protegen a las últimas doscientas
panteras de la Florida
que están en altísimo peligro de extinción
y cuya causa principal de muerte
son los carros a toda velocidad.

Ana concuerda en que la renaturalización es necesaria.
Sin depredadores no hay equilibrio.
Los ciervos dejan de moverse.
Cuando se quedan quietos,
se comen todas las semillas de los árboles
en un sitio, de modo que los bosques
se esfuman gradualmente, y todo
el paisaje cambia.

Estoy orgulloso del trabajo de conservación de mi perra.
Ana responde al elogiar a Cielo y luego me mira

como si acabase de descubrir
un idioma sin palabras
que centellea
y brilla
como nuestras manos.

Contacto visual
Ana

Es un detalle que olvidaron incluir
en ese letrero de advertencia de leones de montaña
en el parque salvaje,
pero viví sin techo suficiente tiempo para saber
que los depredadores felinos atacan
cuando te das la vuelta,
mientras que los humanos se vuelven más peligrosos
si los miras fijamente.

Mamá siempre me ha advertido
que nunca haga contacto visual con ningún hombre
durante más de tres segundos...

pero estoy segura de que Leandro es diferente.
Cuanto más miramos en los ensueños del otro,
más segura me siento, sumergida
en la ternura.

Confianza
Leandro

No me puedo creer que le esté contando cosas
que jamás he confesado a ningún amigo
o consejero.

Comienzo con el secreto que le revelé a una maestra
cuando tenía siete años, de que papá sabía
que un oficial corrupto del Gobierno cubano
vendía toda la harina buena a lujosos
restaurantes de hoteles, mientras que reservaba
las sobras llenas de gorgojos
para las panaderías de familias como la nuestra.
Pensé que la maestra nos protegería,
pero en vez de eso, delató a papá por supuestamente
regar falsos rumores, hasta que al final
fuimos nosotros quienes tuvimos que huir
en aquella balsa.

Si nos hubiéramos quedado en la isla, mi padre
habría muerto en prisión, en lugar
de morir en las profundidades de las más solitarias
capas de arena del fondo marino.

OLA TRAS OLA
Ana

Su historia es tan horrible
que no sé ni qué decir.

Lo único que puedo ofrecer es un rayo de luz
en su brazo, mientras lo acaricio con mis dedos.

¿Por qué su familia se fue de Miami? ¿Por qué ahora?
Él responde en voz baja: explica que su madre
y su hermano casi murieron de covid,
pero ella estaba en Florida y su hermano estaba aquí,
en California, así que ahora han decidido
vivir todos juntos, en un edificio
comprado por los campeonatos de olas gigantes de surf
que ha ganado el tío y por acciones en tecnología
que su tío invirtió tan rentablemente
que no hay necesidad de precaución
a la hora de abrir
una nueva pastelería.

Reservado
Leandro

No le digo que mi hermano mayor
también es un surfista de olas gigantes y que mi tío
quiere ser su entrenador, y que ambos son temerarios
cuando hablan maravillados
de las «Mavericks»,
                las mundialmente famosas
oleadas de invierno
                tan solo a una milla de la costa
en donde me perturbarán
                cada noche, aunque ni siquiera
oigo o veo esas enormes olas
                por encima del sonido
de mi propio
                corazón a todo galope.

No intento explicar que mi perra me alerta
cada vez que el olor de esa adrenalina de pelear o huir
se me acumula hasta niveles tan peligrosos que me podría
desmayar, caer, dar un golpe en la cabeza y sufrir
otra conmoción cerebral, con todo ese pánico inducido
por nada más que la memoria del peso del agua.

Flotar
Ana

Después de la escuela no encuentro a Leandro y a Cielo,
así que camino sola, emocionada de saber
que tengo una casita de campo adonde ir y un amigo
con quien hablar a la hora del almuerzo y una fuente
de luz que desafía todas las leyes de la física,
que brota desde lo más profundo de las manos
en vez de la superficie, en donde la piel
es opaca.

Me siento como si estuviera a la deriva en el aire
aunque mis pies son sólidos,
y escucho su fuerza
golpear la tierra dura
mientras camino a ritmo
como en un baile
hacia
mi hogar
mientras sobre mí
las gaviotas vuelan en círculos
y los pelícanos flotan en el aire.

Fragancia
Ana

El Vivero de Plantas Nativas Rosa Salvaje
huele como un desierto de tierra húmeda
y fotosíntesis.

Mamá está ocupada regando tiestos de secuoyas, abetos,
piceas, cedros de incienso,
cipreses, robles, pinos, sicomoros, sauces, alisos,
laureles, toyones y manzanitas de corteza roja brillante
y madroños, con ramas peladas
que se asemejan a la canela.

Las macetas más pequeñas contienen salvia,
rosas silvestres, pinceladas,
lupinos, yerba buena y otras flores aromáticas
en las cuales las abejas y los colibríes revolotean.

La casita de campo es un refugio: dos cuartos
y una terraza acristalada rebosante
de palmeras tropicales, orquídeas, plantas aéreas...

¿De dónde proviene el nombre del vivero?
¿Acaso el amigo de la infancia de mamá

lo llamó Rosa Salvaje
en su honor, y en qué momento ella fue salvaje?

La hermana del amigo de la infancia de mamá

Ana

Es dulce como su nombre: Dulce.
Me abraza como si me hubiera conocido
toda su vida.

Dulce me ayuda a instalarme, me enseña
a cuidar orquídeas y bromelias
en el vivero que crea
una ilusión del trópico, pero en esta costa brumosa
la luminosidad no es confiable,
así que hay bombillas especiales
que imitan los rayos del sol
en todos los dispositivos de luz.

Dulce dice que su hermano compró el vivero
para ayudar a mi madre, un acto de generosidad
que no tiene sentido, a menos que... ah, no importa,
si este hombre misterioso es más que un amigo,
por lo menos mamá será más feliz que con papá.

El aroma de los retoños verdes me ayuda a sentirme libre
y al mismo tiempo protegida, como un pájaro del bosque
o una mariposa que acaba de emerger del lento
y aparentemente imposible proceso de metamorfosis.

Mi padre fugitivo
Ana

Papá es un cubano nacido en Estados Unidos
como yo. Creció en Miami y se hizo
piloto, solo para rescatar a los balseros perdidos en el mar
que intentan huir de la isla,
pero en algún momento
escuchó a extremistas,
absorbió teorías conspirativas,
y optó por creer que mamá y yo
somos las que no entendemos
la ciencia y la historia.

Piensa que las vacunas
llevan un chip rastreador.

Está convencido de que el cambio climático
es un mito, y de que las especies no están en peligro
de extinción, y de que el racismo no es real.

La última vez que vi a papá fue hace dos años, cuando se
unió a un campamento de entrenamiento de milicias
armado con armas de guerra.

Cuando papá se fue, se robó nuestras identidades,

la de mamá y la mía: los números del seguro social,
para obtener tarjetas de crédito falsas
que nos rompieron el corazón
y nos cerraron
las cuentas bancarias.

Ahora está en la lista de los más buscados del FBI
por terrorismo doméstico, producto de bombas
y otros
secretos.

Desempaquetar
Ana

Sola en la terraza acristalada, vacío cajas
recuperadas del almacenamiento: viejos álbumes de fotos,
el árbol genealógico, las maracas, un diccionario taíno
y libros, todos mis libros favoritos de la infancia
sobre animales y la naturaleza
y este nuevo que recibí
de esa consejera
en mi última escuela.

Hojeo las páginas,
vuelvo a leer pasajes de Jane Goodall
acerca de la esperanza como una ciencia con metas,
caminos, confianza y apoyo: cuatro habilidades
que pueden estudiarse, al igual que la Biología
o cualquier otra
maravilla basada en los hechos...

pero si la esperanza es una ciencia,
entonces debo ser un experimento.

Terraza acristalada
Leandro

Cuando me entero de que Ana es la hija
de la nueva gerente del vivero de tío Leno,
conduzco hasta la casita de campo para invitarlas
a la gran inauguración de la pastelería
por si acaso a mamá se le olvidó
ser hospitalaria.

Nadie responde al llamado en la puerta de entrada,
pero en la parte trasera, veo a Ana
en una habitación acristalada
con cortinas de un azul cielo abiertas de par en par.

Baila sola y toca las maracas
mientras lee un libro: una combinación
de actividades que no parece posible,
pero todo lo suyo parece
igual de improbable, así que le digo a Cielo que cante,
y pronto somos invitados a un nido
de palmas, helechos y flores
que huele a Cuba.
Hay una hamaca y colchas
que hacen lucir al sitio como si alguien tuviera planes de
dormir aquí o al menos echar una siesta.

Ana está rodeada de libros.
Anhelo que hagamos contacto visual, pero me obligo
a bajar la vista hacia las losas, para no alarmarla
con mi intensa
atracción.

La vuelta al mundo en 80 árboles
de Jonathan Drori

Las radiantes vidas de los animales
de Linda Hogan

Un mundo de maravillas
de Aimee Nezhukumatathil

Media-Tierra
de E. O. Wilson

Con la ayuda de Cielo, me las agencio para sonreír
y hablar de la clase de Biología, con la esperanza
de que al agarrar *Media-Tierra*,
Ana vea que no intento
abrumarla con atención.

Es un libro devastador, esencial y cierto,
porque si no renaturalizamos la mitad de la Tierra,
vamos a perder biodiversidad, millones de especies
desaparecerán para siempre…

pero hoy me niego a sentir el desaliento,
así que continúo mi lectura de títulos, libros de poesía
de Dulce María Loynaz, Gabriela Mistral,
Joy Harjo y Mary Oliver, todas mujeres,
todas brillantes, tal como el sol que cuela sus rayos
a nuestro alrededor
y me recuerda
que en aquel parque salvaje
y hoy en la escuela
tan solo un roce fue suficiente
para inundar mi cerebro
con un resplandor.

Las yemas de los dedos
Ana

Leandro me pide prestado *El libro de la esperanza*.
Me alegro, porque quiere decir que tendrá que
volver
a devolvérmelo.

Cuando me invita a la gran inauguración
de una pastelería llamada Dulce,
comienzo a entender que es el nombre de su madre
y que su tío ha de ser el amigo de la infancia de mamá.

Antes de irse, levanta una mano
para acariciarme la mejilla con sus dedos,
y aun sin mirarme al espejo
sé que mi rostro
ahora es un rayo de sol.

Así que hago lo mismo,
y su sonrisa acepta
mi luz.

Visible
Ana

No sé cómo mis ancestros deletreaban su palabra
para «mano», pero generalmente sale como «ajápu» ahora
en los diccionarios y libros taínos modernos,
con una *j* española pronunciada como una *h* inglesa.

Las manos son una de las formas que aparecen
en las paredes de las cuevas
en todas las islas del Caribe occidental,
en donde los taínos
vivían iluminados por la música de las maracas,
así que después de que Leandro se va con Cielo
bailo sola,
agito mis dedos
para mostrar los vestigios
de nuestro resplandor
a mis compañías
invisibles.

La historia de amor de mi madre
Ana

Por la mañana le pregunto a mamá acerca
del tío de Leandro.
Como de costumbre, cualquier historia contada
por un adulto resulta ser
complicada e intrincada, con giros sorprendentes.

Mamá y Leno fueron mejores amigos durante la infancia,
luego se enamoraron mientras estudiaban Botánica
en La Habana,
pero él desapareció, así que ella solicitó
la lotería de inmigración
estadounidense
y se la ganó.

Recientemente, se encontraron en el aeropuerto,
donde él le contó que solo desapareció
porque había estado en prisión,
arrestado por fabricar tablas de surf
en una época en que el surf estaba prohibido
porque era muy fácil
agregar un motor
y transformar
una tabla
en un bote.

Mientras Leno estaba encarcelado,
no se permitía comunicación,
así que no tuvo forma de decirle a su novia
que estaba vivo...

pero tan pronto fue liberado,
la siguió hasta la Florida, haciendo windsurf
todo el trayecto
desde la isla:
un viaje tan largo
y agotador
que pasó una semana
en un hospital antes de comenzar
su desesperada búsqueda.

Para cuando Leno encontró a Rosa en Miami,
ella ya estaba casada y yo tenía tres años:
una niña feliz cuya vida mamá se negó
a perturbar.

Leno se mudó a California, y ha estado aquí
surfeando Mavericks
todos estos años.

Chispa
Ana

Mamá dice que no sabe lo que vendrá después.
Por ahora ella y Leno son solo amigos.

Lo entiendo, porque cuando me pregunto sobre Leandro,
mis respuestas se multiplican como en un caleidoscopio,
giran y cambian, en dependencia del ángulo.

¿Enamoramiento
o capricho?
¿La luz del amor a primera vista
o solo los destellos de un deseo?

¿Cómo se supone que elija solo una respuesta
a una pregunta con tantas facetas resplandecientes?

Lo único que sé es que hay un brillo entre nosotros.
Nos encendemos por dentro como prismas iluminados
por el sol, un centellear
que fluye por la piel
y no debería
ser ignorado.

Cielo, la perra cantora

ola
partícula
fragancia
ninguna sabiduría
canina
podrá jamás
definir
la luz
del amor

y sin embargo
los perros cantores todavía se esfuerzan constantemente
en ser leales casamenteros para los humanos
cuyas narices son inútiles
para localizar
parejas con el mismo aroma

Abrazos
Leandro

¡La pastelería cubana de Dulce está lista
para la gran inauguración!

Cada delicia dulce y salada
está a la muestra en las vitrinas.

Yo horneé docenas de abracitos —unas galletitas dulces—
con las puntas amarradas como un abrazo
y rellenos de chocolate, dulce de leche,
queso crema o guayaba.

Hice empanadas y pastelitos
con una variedad de rellenos de fruta o carne
y los más pequeños, con la forma cónica de las tartas de
café, que llamamos capuchinos
y los minichurros
con toda suerte de almíbares en que mojarlos,
y coquitos que se comen de un bocado: esas bolitas
de un coco suave y gomoso.

Mamá hizo las tortas más grandes
y los pasteles de queso
y el crujiente pan cubano

en memoria del pan fresco
de papá.

Emilio y Leno mezclaron todo el flan
y los demás pudines de boniato, la natilla
y el dulce de leche hecho de la manera auténtica:
con leche que se carameliza lentamente,
no con la versión de la leche condensada
de lata.

Croquetas, torticas, pastel de tres leches
y tortas de piña: hay tantos manjares
tradicionales, golosinas y pasteles
que cada caribeño en el área de la bahía de San Francisco
seguro se va a aparecer por aquí, junto a los amigos de Leno:
los campeones de las olas grandes,
niños de campamentos de surf
y jardineros a quienes les encanta el vivero
en el cual ahora mismo Ana probablemente
se despierta con hambre.
¿Acaso debería abrazarla cuando entre
o tan solo le ofrezco una de las galleticas
que llamamos «abrazos»
como símbolo?

Alas
Leandro

Vestido azul, falda que baila al viento
centelleo
ondas
sonrisa
tímida

lista
para abrazarme o huir
en dependencia de lo próximo que yo haga
así que espero y la dejo que sea
quien decida si quedarse o escapar.

Cafecito
Ana

Me siento en el patio de la pastelería,
mientras mamá está adentro con Leno.
Son tan encantadores juntos.
¿Cuán raro sería si se volvieran
a enamorar después
de tantos años?

Leandro saluda con la mano, pero está ocupado.
Si el expreso es fuerte, eso es lo único que me hace falta.
No me puedo permitir devorar tantos
fragantes dulces cubanos que me harán que se me antoje
más y más azúcar.

Tal vez sea lo mismo con las relaciones.
Precaución, no frenesí.
Si realmente me dejo enamorar de Leandro,
¿cómo volveré
a escalar hacia la independencia?

Cuando por fin tiene un momento libre,
me trae un plato de degustación y una tacita
del café cubano más potente que he probado,
aún más espeso y oscuro que el café de Miami.

Heaven, murmuro en inglés
después de solo un sorbo, pero cuando lo repito
en español, Cielo cree que la he llamado,
y empuja el hocico contra mi mano,
dándome la bienvenida, aunque los perros de servicio
solo deberían querer
a una persona.

Herbívora
Ana

Leandro me observa devorar
cada delicioso bocado de todo
lo que fue tocado por sus dedos
mientras él sostenía la masa que creó
estos abrazos dulzones...

pero las croquetas huelen a jamón
y las empanadas son de picadillo, así que me preocupo
por ofenderlo si rechazo
comer cerdo y carne de res.

En *El libro de la esperanza*, Jane Goodall
cuenta una historia
de animales tan inteligentes y talentosos
que matarlos parece inimaginable.
Hay un cerdo llamado Pigcasso, al que le encanta
sumergir su hocico en pintura, para hacer paisajes
tan encantadores que los coleccionistas de arte
los consideran tesoros.

Intento disculparme con Leandro,
pero él niega con la cabeza y sonríe.
¿Pigcasso? murmura, y en ese momento

sé que cuando tomó prestado mi libro,
no lo hacía porque intentaba impresionarme.
De hecho, leyó sobre el cerdo artístico
y las fuentes de la esperanza de Jane Goodall:
la resistencia de la naturaleza, la ingeniosidad humana,
el poder de la juventud...

Ella cree que los jóvenes optimistas
pueden hacer los cambios necesarios para sanar la Tierra.
Comer menos carne es solo una forma de reducir
nuestro impacto destructivo.

Leandro me retira el plato
y rápidamente lo reemplaza con uno etiquetado
HERBÍVORA, decorado con aromáticas
hojas verdes —salvia, romero
y laurel— junto a flores comestibles
que huelen
a naturaleza salvaje.

Abundancia
Leandro

Mientras leía acerca de Pigcasso, estuve de acuerdo
con Jane Goodall y ahora siento empatía
por Ana, pero cada vez que recuerdo
el hambre de mi infancia en Cuba,
olas de tristeza
me derrumban.
Me imagino
a la gente
que dejamos
atrás:
primos,
tías,
abuelos,
todos los parientes
que no se nos pueden unir
porque Estados Unidos ha dejado
de recibir refugiados.

¿Me perdonarían mis primos, tías y abuelos
si algún día me negara a cocinar y servir
esta abundancia a alguien que tuviera hambre?

Muy por encima del reino de este mundo
Ana

Nos escapamos
escalamos escaleras empinadas
nos posamos en una terraza en la azotea
escuchamos el susurro rítmico del mar,
el alegre canturreo de Cielo y nuestras propias
voces susurrantes
mientras nos preguntamos
si alguien más ve
este exultante destello
cuando nos tocamos.

Nuestros primeros besitos
son destellos de fulgor
en las mejillas
las frentes
los dedos
luego
por fin
en los labios
acariciados
con relámpagos.

El fulgor de los ojos
Leandro

Algunas preguntas no pueden ser respondidas
sencillamente porque las palabras no existen todavía.
Me gustaría saber cómo inventar un vocabulario
completamente nuevo de descripciones de momentos
luminosos
como este.

Miro a Ana a la cara.
Su mirada y la mía se encuentran.
Somos humanos, así que nuestros ojos
no tienen tapetum lucidum,
una iridiscente capa reflectora detrás del iris
de los animales, que les permite ver en la oscuridad
y crea un fulgor en los ojos:
azul para los perros, verde para los gatos,
blanco para los tigres,
rojo para los zorros, amarillo para los pumas.

Ana y yo solo tenemos nuestro verdadero color
de los ojos.

Nada de iridiscencia, tan solo emociones naturales.
¿Acaso es demasiado pronto para decirle
que me hace sentir
incandescente?

El fulgor de la mano
Ana

me besa
los dedos
luego la palma
de la mano
el fulgor
del tacto
fluye
de
labios
a sustento.

La cura del baile
Leandro

Al mirar al mar
desde esta azotea
con Ana en mis brazos
y Cielo a nuestro lado,
no siento terror: las olas
                no me alcanzan,
las profundidades no nos ahogarán;
la música fluye y sube desde abajo,
en donde hay gente que baila
en su propia multitud sociable,
mientras que aquí estamos por nuestra cuenta,
y nos envolvemos
con el aire fresco
y la luz de las estrellas.

Cielo, la perra cantora

en todos mis años
de tutela y guía del muchacho
nunca he sentido
tanto temor

ha encontrado
su pareja con el mismo aroma
pero no tiene manera
de saber que las metas
son solo el comienzo
de largos
y complicados
viajes

La mañana después del primer beso
Ana

Todavía todo parece mágico.
En casa, en mi terraza acristalada,
leo *El mesías de las plantas,*
de Carlos Magdalena,
acerca de cómo rescatar
las últimas semillas silvestres
de especies en peligro de extinción
en todo el mundo
para propagarlas
en Kew Gardens en Inglaterra,
luego reintroducir las plántulas esperanzadas
a sus hábitats nativos,
y así restaurar la biodiversidad
para un futuro verde.

A mitad de cada página,
me vuelve la mente a los dedos, la boca,
los ojos y las vistas desde la azotea,
la música que nos llegaba
desde el patio de abajo y de la canción
de una perra inusual que me recuerda que todos
guardamos tesoros en nuestras voces.

Somnolienta
Ana

En el parque salvaje,
en mi cama-carro,
el futuro desconocido
era tan aterrador
que elegí
la vigilia
en vez
de las pesadillas.

Ahora el insomnio parece inimaginable.
Lo único que quiero es más tiempo de sueño
contigo.

Qué raro es el preguntarme
si tú también estás dormido y sueñas conmigo,
y nuestras ensoñaciones se desvanecen en sueños reales
llenos de un resplandor
mental iridiscente.

Más allá del pasado
Ana

Los demás muchachos ya no importan,
todos esos enamoramientos que consideraba
casi amor.

Ninguno de esos ojos ni ninguna de esas manos
me hicieron sentir iluminada
y percibida.

Otras sonrisas nunca fueron como el alba.
Otros bailes no fueron portales encantados.

No sé qué haré si no llamas
o envías un mensaje de texto o apareces en mi puerta
listo
para besar
y resplandecer.

Paciencia
Leandro

La pastelería se ha hecho popular y se ha abarrotado
muy rápidamente, con pedidos para tortas de cumpleaños
y de matrimonio, servicio de catering, fiestas,
y tantos sándwiches cubanos
que los dedos me duelen de cortar pan
y el tiempo libre se convierte en un ensueño,
los abrazos han vuelto a ser solo galleticas,
y no hay manera
de ver a Ana fuera de las horas de la escuela, a no ser que
la invite a caminatas nocturnas
en el territorio de los pumas
tal como la primera vez
en que nuestros dedos
se convirtieron en linternas...

pero la pastelería también es despertarse tan temprano
que lo único que puedo hacer es llamadas telefónicas
con promesas que parecen
más bien deseos.

Cielo, la perra cantora

el sendero de aroma aguarda
mis humanos están demasiado ocupados

estar demasiado ocupados para el amor
es siempre
una maldición

Intercambio de historias de vida
Ana

Por la noche
muy alejados
nos contamos lo mucho que queremos
a la naturaleza, los libros, los perros, el parque salvaje,
y la ciencia
de la esperanza.

Es un gran alivio
el escuchar y el ser escuchado
mientras nuestra amistad
se estrecha más
aunque lo único que tenemos
son voces separadas que viajan a través
del espacio   entre   teléfonos.

Leandro y Hero
Leandro

En la clase de Literatura Mundial
la maestra nos asigna una antigua leyenda griega
acerca de un joven con mi nombre, y aprendo
que «Leandro» quiere decir «hombre-león».

Se enamora de una muchacha
que vive en una torre
junto al mar.

Cada noche
ella enciende una antorcha para que él nade
a través de un tramo de agua como el que hay entre Cuba
y la Florida, para estar juntos
durante tan solo
unas pocas horas.

Una tarde se desata una tormenta
el viento feroz apaga la llama de la antorcha
y él pierde el rumbo,
nada desorientado en la dirección incorrecta,
se ahoga y las olas lo arrastran hasta la orilla
cerca
de la torre.

Hero se lanza
desde las alturas
de su aislamiento
para unirse a Leandro
en una tumba de amantes.

Si yo fuera el tipo en este cuento
jamás me podría ahogar
porque no me atrevería
a nadar.

Y por Ana,
¿haría el
      intento?

Hábitat
Ana

Detesto la historia de Hero.
Es una tragedia y ya he visto suficiente
sufrimiento al ver a mamá guardar luto
por la pérdida de papá.

Mi vida todavía es demasiado incierta.
Lo único que anhelo
es la esperanza.

Es una ciencia con cuatro habilidades para estudiar.
Metas.
Caminos.
Confianza.
Apoyo.

Así que comienzo con la primera parte.
Le pregunto a Leandro si quiere iniciar
un club de renaturalización en la escuela.
Cielo será otra vez un perro de conservación
para cualquier proyecto que el club escoja:
ayudar a una especie de planta o animal
en peligro de extinción, hacer mapas de poblaciones
o rescatar especímenes sobrevivientes,

localizar cualquier resto de naturaleza salvaje
que a los biólogos profesionales les haga falta estudiar.

Le pediremos a nuestra profesora de Biología
que sea la consejera.
La señorita Galán es afroboricua de Puerto Rico.
Tiene experiencia en el rescate de cotorras
en peligro de extinción
después de los huracanes e hizo sus estudios de posgrado
en Portugal y España, donde colaboró en el salvamento
de lobos y linces
al animar a los campesinos
a proteger su ganado
con perros guardianes
en vez de armas de fuego.

La esperanza es una ciencia
Leandro

Si nuestra meta es la renaturalización
y el camino es un equipo,
entonces nuestra profesora es el apoyo
y ahora lo único que nos hace falta
es la confianza.

Una persona puede rescatar una especie
Ana

Neiva Guedes salvó guacamayos azules en Brasil.
Phyllis Ellman protegió lirios mariposa tiburón
en el condado de Marin y Ben Nyberg usó drones
para localizar los últimos tres árboles
de *hibiscadelphus woodii*
en un acantilado de Kauai.

El trabajo en equipo es aún mejor:
halcones peregrinos, cóndores de California,
nutrias marinas, orquídeas de pantano,
ballenas azules y titíes leones dorados,
todos salvados de la extinción
por grupos de científicos
que trabajaron juntos
con voluntarios...

pero no soporto el término «científico ciudadano»
porque suena como si estuviera diseñado
para excluir a los nuevos inmigrantes.

¿No sería más inclusivo
decir «científico comunitario»?

Comunidad
Ana

El grupo que se reúne para nuestra primera
reunión del club de renaturalización es diverso
de muchas maneras —todos los colores de piel
y géneros—; todos nos ocupamos en memorizar
los nombres y pronombres de los demás.

Nuevas amistades
parecen posibles.

Camila.
Tania.
Raidel.
Ola.
Sí, ese último es real, un nombre elegido
por sus padres, quienes cabalgaban olas Mavericks
cuando eran jóvenes y que ahora
trabajan de voluntarios con Leno,
ofreciendo campamentos de surf
a niños discapacitados, para ayudarlos
a sentirse a salvo en el agua.

Trabajo en equipo
Leandro

El reconocimiento de la tierra que hace la señorita Galán
en honor a la nación ohlone
me hace sentir como
un hipócrita.

Si sabemos
que esta es su tierra,
¿por qué
no
se la devolvemos?

En su lugar, plantamos lupines plateados
para que alberguen
a las orugas de las mariposas azules
en peligro de extinción
y quitamos la basura
de las charcas
de una reserva
en donde las focas nocturnas de la bahía
reclaman para sí toda la playa exactamente
a las diez en punto de la mañana y baten sus aletas
contra la superficie del mar
para indicarnos que es su momento

de estirarse al sol
y dormir.

Echo a un lado todas mis ansiedades respecto a las olas
y el peligro, y me decido a preguntar
si hay algún proyecto de conservación
al que Cielo y yo nos podamos unir.

La señorita Galán promete presentarnos a los caninos
y sus entrenadores después de que le menciono
las panteras en la Florida,
en donde las habilidades de Cielo ayudaron
a hacer un mapa del futuro
de los pasos de fauna para salvar a las especies.

Fue una experiencia científica,
pero también fue mágica,
tal como
la luz de Ana.

Tempranito en la mañana del sábado
Leandro

Cielo y yo nos paramos frente a la casita de campo
del vivero, mientras me pregunto si debía haber esperado
hasta más tarde: ya los clientes están comprando plantas
y luego deambulan loma arriba hacia
el terreno de un vecino
en donde tío Leno recoge una calabaza gigante
con un montacargas para una competencia en el pueblo
el lunes por la mañana, en la cual las calabazas
serán pesadas y cortadas en trozos para hacer pasteles
para el banco comunitario de alimentos.

Debería ayudar a mi tío, y de Ana probablemente
se espera que venda árboles y flores con su madre
antes de que salgamos con el club de renaturalización
a plantar violetas azules para que alberguen
a las orugas plateadas de Oregón,
pero primero tenemos que hablarnos
y tocarnos.

Estoy desesperado por saber si siempre seremos
luminosos.

El hambre
Ana

Miro mi teléfono
al escuchar la canción de Cielo
y mientras Leandro toca el timbre de la puerta,
donde hay una cámara que graba videos.
Anoche me mostró
la cara de una puma flacucha
que acechaba en los alrededores
mientras cazaba durante las horas oscuras
y devoraba un topo, en vez del ciervo
que le hace falta
para sobrevivir.

Abro la puerta y halo a Leandro hacia mis brazos
y Cielo presiona el hocico entre nuestras piernas
y lo mueve al olfatear los residuos del olor
del hambre de un gato salvaje.

Yo también tengo hambre.
Quiero más de esos abrazos,
los de las galletas de dulce de leche,
y estos, los reales hechos de brazos
y resplandor.

Abrazos
Leandro

Ana me muestra la pantalla de su teléfono.
Un video de un puma flacucho de ojos dorados
que atrapa a un roedor frente a la casita de campo
en medio de la noche.
Los sonidos
son espeluznantes: un silbido,
no un gruñido, como súplicas de aves
que mendigaran carne.

Ahora todo lo improbable es real.
Los dedos de Ana en los míos brillan y centellean.
Somos como criaturas con formas cambiantes
transformadas en candiles.

Con nuestros brazos que nos envuelven,
tal vez podríamos crear una chispa y encendernos.
¿Y eso qué quiere decir?
¿Acaso esto es un sueño?
Jamás he escuchado de nadie
que pueda hacer que otra persona estalle en llamas.

Solo Cielo
Ana

Pasamos toda la mañana a la intemperie
con las manos en la tierra, de vez en cuando nos tocamos,
solo por ver si alguien
lo nota.

Nadie
en el club de renaturalización
comenta nada.

Leandro y yo parecemos
deambular dentro de un cuento de hadas
con tan solo una brillante perra
que presencie nuestro secreto.

Cielo, la perra cantora

el aroma es inteligencia
la habilidad para identificar
huellas
y otros
senderos iluminados por el amor
y el apego

Sueños universitarios
Leandro

La señorita Galán me presenta
al doctor Arturo Portugués Flores,
un profesor retirado de México, que insiste en que simplemente
le diga Art, porque dice que somos iguales,
uno al final
y el otro al principio
de nuestras carreras biológicas en la vida salvaje.

Me enseña a monitorear las cámaras en los senderos
ubicadas cerca de las marcas de territorio,
que son sitios en los cuales los pumas
hacen un alto para rasguñar la tierra y depositar su olor
que anuncia su disponibilidad para aparearse.

Los exámenes de entrada a la universidad,
las clases avanzadas,
los formularios de solicitud, un ensayo,
todo eso lo he ignorado hasta ahora, pero con un año entero
del preuniversitario todavía por venir,
a lo mejor lo intente.

Art dice que la Universidad de Washington
tiene un excelente programa de conservación canina.

Deseos universitarios
Ana

Me encanta la Biología, pero la planificación de los usos
del suelo también importa.
Anhelo encontrar maneras de crear un equilibrio
entre espacios verdes renaturalizados
y hogares para familias sin techo.

¿Control de alquiler?
¿Casas diminutas?
¿Subsidios?
¿Organizaciones caritativas?
No sé por dónde empezar,
pero ese es el propósito de la universidad, ¿no es cierto?:
la exploración científica e imaginativa.

Cada noche
Ana

La puma se pasea
por un banco de madera frente a la casita de campo,
y me deja un video en la cámara de la puerta
para que yo lo estudie
al día siguiente, y ahí veo
que ha adelgazado,
que está medio muerta de hambre
que le hacen falta
ciervos...

pero la única vez que la veo arrastrar
la osamenta de un cervatillo, lo abandona
tan pronto como el sonido del despertador de mamá
le pega un susto.

Hay ciervas y venados que pasan
por el vivero, pero cada vez que la puma
se acerca, huyen a calles concurridas, donde el tráfico
asusta a la depredadora.

Pasos de fauna
Ana y Leandro

Estudiamos por nuestra cuenta en la biblioteca
para saber qué preguntas hacer
siempre que tengamos la oportunidad de pasar tiempo
con Art y los otros voluntarios del proyecto
de rescate de pumas
que han dado la bienvenida a nuestro club
preuniversitario de renaturalización
en su labor de salvamento de la fauna salvaje.

Los leones de montaña de California están divididos
en diez poblaciones separadas, islas genéticas
separadas por autopistas, en las que los carros rápidos
impiden que los machos se extiendan lo suficiente
para encontrar parejas que no estén estrechamente
emparentadas con ellos.

La endogamia ya ha resultado en mutaciones,
algunas inofensivas como colas retorcidas
y otras mortales
al emerger
de espermatozoides defectuosos.

La construcción del paso de fauna más grande del mundo
se ha programado para el Día de la Tierra,
cerca de Los Ángeles, pero también son necesarios aquí
en el área de la bahía de San Francisco,
para que los pumas
al este de Silicon Valley se encuentren
con los de los pueblos costeros.

Los perros rastreadores de fauna salvaje ya trabajan
en la búsqueda de ubicaciones ideales
que sigan una huella
de marcas de territorio animal.

Fingir
Leandro

Mientras espero la noticia
de si el equipo de conservación canina
nos aceptará a Cielo y a mí,
a pesar de que todavía no tengo
dieciocho años, me es fácil relajarme
e imaginar el éxito.

Yo sabía nadar y surfear
antes de la tragedia en la balsa.

Yo sabía pedir cualquier cosa que me hiciera falta
cuando era pequeño y hablador.

Entonces papá se ahogó
y dejé de hablar
con desconocidos
como aquella maestra
que reveló
el peligroso
secreto
de mi familia...

pero eso era el entonces y este es el ahora.

Me hace falta tiempo libre, menos trabajo, más estudio
y más, más y más Ana, así que le pido a tío Leno
que contrate a un pastelero de verdad
y pronto me reemplaza
con dos expertos que trabajan a tiempo completo,
así que solo tengo que hacer tortas y galleticas,
empanadas y pastelitos
y frituras
y croquetas
de Pascuas a San Juan,
cuando la pastelería está super atareada
y Ana puede venir conmigo
a probar las muestras antes de que desaparezcan.

Sin siquiera pensar en las olas,
lo primero que le pido
cuando por fin tengo un día libre
es que llevemos a Cielo a la playa
a ver el crepúsculo
y fingir
que soy valiente.

¿Acaso seré un miedoso eternamente?
Leandro

Emilio está en un centro de estudios superiores,
en el cual se ha unido a un equipo de surfistas que compite.
Gana con cierta frecuencia, pero cuando no viajan
se ofrecen de voluntarios para enseñar
en campamentos de surf
para niños discapacitados, que se suben
a las sólidas tablas
y se enfrentan a pequeñas olas
que amenazan con activar
mi pánico.

¿Cómo es posible que estos jóvenes sean tan valientes
mientras que yo soy tan cobarde?

Así que me desafío a mí mismo
a unirme a su grupo.

Ana tiene tanta confianza en el agua
que chapotea y se zambulle bajo las olas,
luego ayuda a una niña ciega que escucha
el canturreo de Cielo
y las instrucciones de mi hermano: relájate,

disfruta
inhala
equilíbrate
imagina
sé paciente
cree.

Pero creer
no es suficiente.

Mi mente
no lleva el control.

El miedo
es una tiranía que gobierna con mano dura
en mi corazón.

Y SI LO INTENTARAS
Ana

Justo cuando hemos alcanzado todo tipo
de entendimientos tácitos,
me equivoco con palabras que horrorizan a Leandro:
intenta
meter los pies
solo hasta las rodillas.

¡Ay, qué desastre! ¡Y todo es
mi culpa! Me tendría que haber callado.
¿Por qué no tomé en serio la descripción
de su pánico
abrumador?

Yo soy igual en los aviones
porque le tengo miedo a mi padre,
el piloto lleno de ira.

Me tendría que haber imaginado
que el miedo a una persona
podría transferirse
al agua.

Cuando lo intento
Leandro

Mis pulmones
se olvidan
        de respirar

la mente no se las agencia
                  para creer

lo único que hago es recordar
el modo en que fui expulsado de la balsa
por la inmensa ola
que hizo
que papá
                tuviera que salvarme
y saltar al agua
para lanzarme de vuelta a la embarcación
y después perder su propia   pelea
por alcanzar el borde
subir
agarrarse
aferrarse.

Separados
Ana

Leandro no me mira. Solo
se aferra a Cielo.
Respiraría
por él si pudiera,
pero ya está sentado
en la arena áspera, derrotado
y encorvado
como si soñara,
todo rastro de
cercanía
con la vida
real
perdido.

Apagado
Leandro

Intentamos volar de vuelta a ese momento
justo antes de que yo viajara en el tiempo
                         hasta la balsa,

pero no hay manera de volver a respirar
                         aire libre.

Cuando Ana me habla, tan solo escucho
                         ecos
           de su voz.
Mi propia mente está
               atrapada
                         a lo lejos

      bajo

      las olas.

¿Has probado con...?

Ana   *Leandro*

medicina   por supuesto
psicoterapia   sí, claro
terapia de grupo   sí
visualización
ejercicios de presencia
meditación
hielo en la nuca
para que te ayude
a relajarte

                              sí, sí, sí

        ahora
          cuando entrelazamos
los dedos
            la luz es morada
un moretón
        no un resplandor

Camuflaje
Leandro

Durante tres días después de que papá se ahogó,
mamá tan solo se puso ropa negra,
luego durante los próximos tres años,
blanca y negra, y ahora se viste como una pájara
en época de empollar,
un gris sutil o un marrón soso y cada pluma
está marcada
por la memoria.

En vez de ropa de luto,
algo en mi pequeño ser durante la infancia
escogió una capa de tierra seca, cada pisada
fantasmagórica.

Así que me quedo en la tierra seca con Cielo
y anhelo entender
la libertad.

Aguacero
Ana

Exactamente una semana antes de Halloween,
mientras aún estamos en medio de nuestra propia pena,
una catástrofe climática arrasa
con todas las demás
                      emociones.
Hoy solo importa el pronóstico del tiempo.
Río atmosférico
           ciclón bomba
     semejante a un tornado
        espiral
           de
              viento
causado por una caída repentina
        en la presión y luego
la lluvia se estanca, los cañones se inundan,
las ciudades de carpas
           se derrumban,
los deslizamientos de tierra ruedan y se desploman
     hasta que las personas sin techo quedan enterradas
          bajo   el lodo.

Los refugiados necesitan comida

Leandro   *Ana*

El preuniversitario se convierte
en un centro de evacuación.
La pastelería se transforma en un banco
comunitario de alimentos.

La receta de pan de papá	corteza dura
me mantiene las manos ocupadas	suave por
	dentro
la masa fragante	el horno
	hirviente
cuchillo	lasca
plenitud	oferta
sándwiches	gratis

    servidos con los abrazos de las galleticas,
  esos abrazos comestibles para niños asustados.

Los amigos necesitan comida
Ana

Tania y Raidel del club de renaturalización
son dos de las personas que nos agradecen
los sándwiches y los abrazos.

Hasta este momento no tenía idea de que ellos
eran sintecho y que a Tania le desagrada el término que,
insiste —al igual que solía hacerlo yo—,
es un eufemismo,
no una solución al verdadero problema
de la falta de vivienda
debido a los precios altos
la gentrificación
la avaricia de
Silicon Valley.

Temerario
Ana

Leandro todavía está ocupado haciendo sándwiches
cuando llaman a los nadadores de rescate
del departamento de bomberos
para ir a las Mavericks, las monstruosas olas
en alta mar, esas enormes marejadas
que se elevan tan alto
como edificios de tres pisos
siempre que hay una tormenta.

Estoy en el preuniversitario con Tania y Raidel,
repartiendo sándwiches, jugo y galletas
cuando llega la noticia de que Emilio está entre
un puñado de surfistas que ignoraron las advertencias
de no entrar al peligroso mar.

Leno está furioso
y preocupado. Se apresura
al hospital, llama a Dulce
y a Leandro, después a mamá, así que pronto
estamos todos en una sala de espera
y esperamos lo peor.

Vigilia
Leandro

Sillas duras.
Paredes sosas.
Voces apagadas.
Reloj lento.

Una desquiciante
necesidad de paciencia.

Cielo me intenta calmar
con el dulce canturreo
de su voz de perra.

Ana me aguanta la mano
aunque nuestra piel
apenas
suelta un destello,
un parpadeo
de apesadumbrada
oscuridad.

Sobrevivientes
Leandro

Incluso con su traje de neopreno más pesado,
Emilio estuvo sumergido bajo las turbulentas corrientes
tanto tiempo
que su temperatura cayó en picado a ochenta y dos grados,
el umbral entre una hipotermia moderada
y una severa, una condición letal: un letargo
que da paso al colapso de los órganos vitales.

Casi en estado de coma en la cama de un hospital,
apenas se parece al atleta musculoso
por el cual estamos tan acostumbrados a preocuparnos
cada vez que las olas son los suficientemente feroces
como para atraer
su entusiasmo.

¿Cómo es posible que un hermano se volviera tan temerario
y el otro tan profundamente aterrado
en aquel día en que nuestro padre fue devorado
por el mar?

Para el momento en que Emilio abre los ojos,
ya estoy perdido en el miedo
                         de la pérdida.

Casi pánico
Ana

Esta vez
no te caes
porque Cielo reconoce el olor
de las hormonas de pelear o huir, la adrenalina,
y todas tus demás señales invisibles
que revelan un corazón acelerado
y una respiración entrecortada.

Te sientas tranquilamente,
obedeciendo a tu perra intuitiva,
con mi mano todavía envuelta
en la tuya aunque
no estoy segura de si eres consciente
de que una vez más
somos una fuente
de luz
que fluye.

Cielo, la perra cantora

mírame
iguala mi ritmo

tócame
atrapa esta melodía

sígueme
a lo largo del sendero-canción que conduce
a la supervivencia

También recuerdo la balsa
pero había ancestros que bailaban
a nuestro alrededor
entonces
y están aquí
ahora
y una
     y otra
          y otra vez

Susto
Leandro

La primera vez que me desmayé por un ataque de pánico,
estaba en Miami, poco después de la balsa,
mientras mirábamos un parte del tiempo en las noticias,
con olas de la tormenta
que parecían como monstruos vivos que una vez más
se tragaban a papá.

Mamá me llevó a una curandera,
que me diagnosticó un susto,
una enfermedad únicamente cubana
causada por el miedo.

Me limpiaron la piel con hierbas aromáticas,
encantamientos y usaron un huevo
como una escoba: la cáscara color hueso
me rozaba la piel
hasta que se esperaba que me sintiera nuevo.

La limpieza funcionó, pero no por mucho tiempo.
La mente me daba tumbos hasta caer de vuelta al mar
hundido
sofocado
sumergido.

La mente del principiante
Leandro

Un consejero de la secundaria una vez me enseñó
a respirar profundamente, a depender de Cielo
para calmar mis miedos con un asombro infantil,
un ejercicio que él nombró «la mente del principiante»
como si yo fuera un recién nacido que ve
formas y colores
por primera vez.

Cuando me las agencio para recordar
cómo sentirme como un bebé, las olas se convierten
en tan solo una de tantas maravillas de la naturaleza,
monstruosas solo en la medianoche
en sueños
        que se hunden
y entonces al alba
la memoria de un cascarón
regresa
y me ayuda a sentirme
renovado.

Viaje imaginario
Leandro

Mi hermano temerario ahora está a salvo.
Me quedo dormido en una silla y en el ojo soñador
de mi cerebro, veo que Ana y yo flotamos
juntos, en el centro de un lago iluminado por la luz de luna
con el agua en calma
sin olas
pero tan fría
e inmensa
que sé
que nunca podré llegar a la costa si no lo intento,
así que aprendo a nadar de nuevo, y para el final
de esa noche de sueños,
estamos en tierra
iluminados por el sol
descansados
en la calidez.

Te observo
Ana

Cuando repartiste sándwiches
a las personas sin techo durante esa tormenta
fuiste el ser más heroico
que jamás he visto.

Luego te sentaste aquí con tu hermano
aunque estabas furioso con él
por ser tan imprudente y egoísta: él es un adulto,
un estudiante de un centro de estudios superiores.
Debería haber tenido dos dedos de frente
para no hacer sufrir a tu mamá.

Los hombres que creen que tienen que ser duros
están equivocados.

La bondad.
Eso es lo que eres,
lo único que me hace falta, una forma diferente
de ser fuerte.

Microalegría
Leandro

Después del pánico
y la confusión
y casi la pérdida,
atesoro
cada pequeña
belleza
diminutos
placeres
la intemperie
el aire limpio
el aliento
el aroma
la vista
la luz
el cielo
la mente
luminosa.

Una maraca
Ana

esta noche
lo único que me hace
falta es una
güira rítmica
y un meneo de mi muñeca
para conectarme muy
profundamente con siglos
que nunca veré
sonido
canciones
palabras
verso
arena
contoneo
con el
baile
del tiempo

Halloween

Leandro

Emilio se ha recuperado.
Leno lo perdona.
Mamá no habla.

Ana y yo volvemos a acercarnos
y a centellear bajo el espeluznante maquillaje
verde, las pelucas y los disfraces
que nos transforman
en árboles con forma humana,
con nuestro pelo lleno de hojas,
las manos brillantes,
y los corazones
que florecen
con regalos
de caramelos
para los niños.

El Día de los Muertos

Ana   *Leandro*

El Día de los Muertos
no es una celebración popular en Cuba,
donde nadie va al cementerio
a menos que hayan fallecido o para enterrar a un ser querido,
pero decidimos construir un altar en la pastelería
                                      para papá
con ofrendas
                                      de velas
flores silvestres
                                      pan fresco
hierbas
                              y poemas breves que suenan
                              como maracas
y bailarines   porque
            nadie está jamás
          solo en el abrazo
          de un cementerio
            arropado
              por ancestros.

MODELOS

Ana

En la clase de Biología, nos turnamos para nombrar
a personas que nos inspiran.

Leandro habla de la admiración que tiene su papá
por el chef José Andrés, quien siempre alimenta a todos
durante cualquier desastre natural o desastre
hecho por los seres humanos.

Yo elijo a George Meléndez Wright,
el primer biólogo de fauna salvaje
científicamente entrenado
y contratado para liderar
el Servicio de Parques Nacionales.
Convenció al Congreso de prohibir que los guardabosques
maten a los depredadores, así que en mi opinión él fue
la primera persona en renaturalizar, aunque muchos
otros de piel más clara
han recibido el crédito.

Como grupo, el club de renaturalización elige
a Jane Goodall, por enseñarnos que la esperanza
es una ciencia.

ADN
Leandro

Art y la señorita Galán nos ayudan a recoger
pelo de puma
en una trampa hecha de ramas entrelazadas,
para que lo enviemos a un laboratorio para ser analizado.

El puma macho grande en el parque salvaje
y la puma hembra flacucha en el vivero
no tienen un parentesco cercano.

Pueden aparearse sin problemas,
pero las concurridas autopistas los separan,
por lo que el tráfico es el más grande obstáculo
a la creación de la próxima generación.

Lo único que podemos hacer es abogar
por la construcción de un paso de fauna
que costaría millones de dólares.

Cada tarde, beso a Ana
en la puerta de la terraza acristalada
y luego espero a que me enseñe un video
a la mañana siguiente, después de las pesadillas
seguidas por el alba.

Caona
Ana

La mayoría de los pumas son etiquetados con números,
como el P-22 en Los Ángeles, que es famoso
por posar cerca del letrero de Hollywood
y por cazar un koala en el zoológico
y por ser incapaz de aparearse
porque no hay forma de que pueda cruzar
tantas autopistas congestionadas para llegar
a las montañas.

Ni quiero un número ni un collar rastreador
para la hembra que aparece frente a la casita de campo
una y otra vez, como si esperase que la invitara
a entrar, así que la nombro en secreto,
a sabiendas de que eso que hago no es científico.

«Caona» significa «oro» en taíno.
Es el color del fulgor de sus ojos
y de mis deseos.

El dilema
Ana

Los pumas no son llamados felinos grandes
porque no rugen como los tigres,
leones o leopardos, sino que ronronean,
y a menudo sus crías son llamadas gatitos
incluso por los científicos.

Una mañana a mediados de noviembre, observo
el video de la puerta y me doy cuenta
de que, a pesar de sus visibles costillas,
el vientre de Caona está caído: está embarazada,
y con solo noventa días de gestación,
va a parir cerca del Día de San Valentín.

No hay forma de ayudarla a cazar ciervos,
así que estoy tentada a alimentarla. Entonces ella
no tendrá que seguir comiendo roedores,
que podrían llevar el peligro de los venenos
para matar ratas, anticoagulantes
utilizados por jardineros y agricultores
aunque son mortales
para toda la cadena
alimenticia natural.

Cielo, la perra cantora

el aroma de eventos futuros
sería reconfortante
si nuestro mundo
aún fuera antiguo
para que la naturaleza salvaje
pudiera vencer

Me pregunto
Ana

Observar el hambre de Caona
es doloroso, y guardarme los videos
sería deshonesto,
así que se los muestro
a Leandro,
y él
los comparte
con biólogos de la vida salvaje,
mientras me pregunta una y otra vez
si debería alimentar con unos cuantos filetes
a la gata que sufre o simplemente esperar y ver
si logra sobrevivir.

Los expertos dicen que las pumas atrapan ciervos,
pero los abandonan con demasiada facilidad,
cada vez que escuchan voces humanas
o el rugido de un carro, mientras que los machos
tienden a quedarse y defender una osamenta, confiados
en que pueden vencer a los carroñeros.

¿Está mal el querer ayudar a un animal salvaje
al que parece que le hace falta amistad?

Debilidad
Leandro

Los videos son perturbadores.
Una puma preñada, medio muerta de hambre.

Tiene que haber alguna razón
para su calvario: ¿acaso fue una huérfana
cuya madre nunca tuvo la oportunidad
de enseñarle a cazar?

A lo mejor esté enferma.
Los pumas pescan virus felinos de los gatos domésticos
y se envenenan al comer ardillas
que han consumido veneno de ratas.

Art dice que no lo sabremos excepto si la sedamos
y es examinada por veterinarios, pero los tranquilizadores
podrían ser venenosos para los gatitos
que están por nacer.

Es una decisión para los científicos,
no para muchachos del preuniversitario.

El Día de Acción de Gracias es un día de luto

Ana

No sé cocinar para nada, y mamá no es mucho mejor,
así que comemos en la pastelería, un festín herbívoro
de frijoles negros, arroz con azafrán, yuca, malanga,
plátanos maduros y un postre llamado tocinillo del cielo,
que en realidad es solo un nombre engañoso
para un rico flan de huevo del color y brillo
del ámbar translúcido que me recuerda
al fulgor de los ojos de Caona.

El Día de Acción de Gracias es un día de luto
para todas las comunidades indígenas,
pero estoy agradecida por mamá, Leandro,
su familia y nuestros amigos del club de renaturalización,
al igual que por la señorita Galán y Art,
quienes se nos unen a la comida y la inician
con un reconocimiento de que la tierra
pertenece a la nación ohlone.

El Día de Acción de Gracias
es un día de gratitud
Leandro

El Día de Acción de Gracias
es un día para actuar, así que asamos un cochinillo,
horneamos pan y preparamos tantos sándwiches
que hacemos falta todos para llevarlos
a las familias que viven
en carpas
en las orillas de los ríos
por toda la costa.

Tania y Raidel ayudan
porque entienden
mejor que nadie
cuán hambrientos
están los niños
en los campamentos para los sintecho.

AL ACECHO
Ana

Hogar.
Silencio.
Insomnio
de medianoche
por la emoción
y por tomar demasiado
café cubano,
junto a la satisfacción de llevar comida
a las familias sintecho.

Un timbre.
La cámara de la puerta
anuncia la llegada de una criatura
lo suficientemente grande como para activar
el detector de movimiento.

Así que observo
desde la seguridad de la cama,
pero lo que veo no es la puma de costumbre
que acecha con su vientre preñado
y luminosos
ojos dorados.

Esta vez es papá
que mira por nuestra ventana delantera
como un ladrón.

Mira fijamente
como si pudiera verme,
luego sonríe a la cámara
de manera rara,
con tatuajes en el rostro y las manos
con diseños siniestros
que lo hacen lucir
feroz.

¿Son símbolos
violentos
de la milicia?

No llama,
y yo no voy a la puerta.

En su lugar, me escondo en la terraza acristalada,
donde me convenzo de que para cuando llegue la mañana
su presencia resultará ser nada más
que una pesadilla o mi imaginación...

La emergencia
Ana

No fue un sueño.
Mi padre estuvo aquí.

Mi mamá también vio el video.
La policía midió las huellas de sus zapatos
y ahora mismo nos advierten que nos quedemos
en otro lugar por unos días, pero primero
tenemos que hablar con el FBI,
y responder a una serie rara
de preguntas espeluznantes
que me hacen sentir como que esto es irreal.

La lista de crímenes de papá ha crecido dramáticamente.
Armas de guerra, bombas, drones robados,
y dinero, millones, tanto robo
y fraude…

Tenemos que irnos.
Él es el fugitivo,
pero por alguna razón
nosotras somos las que estamos
obligadas a escondernos.

Exilio
Ana

Ni siquiera puedo decirle a Leandro dónde vamos a estar
porque mamá me quita el teléfono
y la computadora portátil
mientras me ordena
que tenga paciencia.

En la Pacific Coast Highway,
huimos secretamente, como refugiados.
Pasa una hora y luego otra
hasta que nos estacionamos detrás de un faro
en algún lugar del condado de Santa Cruz,
con nuestro carro oculto
por un derrumbe de rocas
y la niebla flotante.

Aislamiento.
Secretismo.
Podría estar nuevamente sin techo
o perdida en el tiempo en alguna costa distante
con solo leones marinos y nutrias
como testigos.

Te esfumas como una sombra
Leandro

El corazón
hecho un nudo
las manos
vacías
el paisaje
de mis pensamientos
estrechado
un ciclón
una tormenta
dentro
de mis huesos
todos los feroces
meteoros
entre nosotros
¿dónde estás?

Cielo, la perra cantora

el instinto
es mi correa verdadera

podría encontrarla si mi hocico
estuviera libre para inhalar los movimientos aéreos
de la tristeza

LA VIDA EN UN FARO
Ana

Escalera
   de caracol
vista
   de la niebla marina
aroma
      de salitre
la altura
      de la tristeza
ausencia
      de la luz solar
entonces, ¿por qué
      esta torre
es
como
el más
profundo
entierro?

Incredulidad
Leandro

Ni llamadas ni textos ni videos
ni una nota de amor manuscrita en la tinta
de un roble.

Estoy casi demasiado furioso como para la tristeza.
Todos me dicen que no me preocupe; debe haber
alguna explicación...

pero no les creo,
en especial al tío Leno.
Estoy seguro de que mi tío debe saber algo,
pero no va a traicionar
la necesidad de secretismo de Rosa
ni aun cuando eso quiera decir que me deja a mí
desamparado.

Ahí se esfuma eso de creer que la esperanza
es una ciencia.
Es más bien una forma arcaica de tortura.

La geografía de un faro
Ana

En la planta baja hay camas, comida, una mesa
y libros, pero no hay teléfono ni televisor ni radio
ni siquiera una revista vieja
o un periódico anticuado.

Mamá duerme muchísimo.
Yo bailo sola.

Todas las noches subo la escalera de caracol
a una habitación redonda con enormes ventanales
y una lámpara sin vida, un artefacto roto
de alguna era perdida cuando los barcos
solo tenían una gigantesca bombilla
como guía.

¿Cuánto tiempo nos tendremos que quedar aquí?
                ¿Volveré a abrazarte una vez más?
                              ¿Brillaremos?

En todas direcciones, lo único que veo es una niebla voraz
                que se traga todas las estrellas.

La inmensidad
Ana

Este océano se llama Pacífico,
pero nunca ha sido tranquilo.

Olas interminables chocan contra las rocas,
luego se retiran como un ejército de dragones
que echan un humo de ira.

Riesgo
Ana

Nado sola mientras mamá duerme,
aunque sé que es peligroso.

¿Qué más puedo hacer en esta orilla
con solo niebla y espuma de mar
por compañía?

Pensaba que creía en el libre albedrío y el destino
al mismo tiempo, pero ahora me pregunto
si fuimos solo una fantasía, luminosa y fugaz,
así que contengo la respiración
me sumerjo
giro
me alejo
de
mi
propia
mente.

Me lo pregunto una y otra vez
Ana

¿Qué me va a pasar?
¿Me quedo sin escuela
y sin carrera?

¿En una eternidad
de miedo?

¿Sin amor
ni luz?

¿Con solo este
moribundo
mar
de deseos?

Aturdida
Ana

No me salen las lágrimas,
pero grito
hasta que por fin mamá
me habla.

Admite que Leno
organizó este escondite
y el FBI estuvo de acuerdo
con la condición
de que nadie más lo sepa,
ni siquiera tú, Leandro,
así que supongo que das por sentado
que realmente desaparecí
en vez de solo estar
sin teléfono
y en silencio.

Te echo de menos
Leandro

Leno me promete que estás a salvo,
pero sin oír tu voz
o tocar tu luz,
lo único que me pregunto es
qué pasaría si intentara encontrarte
a la antigua, al atar un pedazo de tela negra a una silla
o al poner a la estatua de un santo patas arriba
o al clavar tus huellas
con un palo bien afilado, pero no hay cura
folclórica de rastreo
para localizar a alguien
a quien ha escondido la ley.

Leno me contó lo de tu padre,
así que sé por qué te escondes, y lo único que mi mente
anhela
es tu seguridad, pero mi corazón te quiere aquí
cerca de mi propia
confusión.

Cielo, la perra cantora

*él escucha cuando canturreo
ritmos naturales para calmar
el tambor de su corazón.*

DESTELLOS
Leandro

Comienzo a ver a la puma flacucha por todas partes,
bien entrada la noche en el patio de la pastelería,
y a plena luz del día, cerca de la playa
o mientras cruza carreteras y aparcamientos,
y hace que los desconocidos
enloquezcan
en un peligroso
torbellino
de selfis
ante la vida salvaje.

Cada vez que veo el fulgor dorado de sus ojos
debajo de las farolas,
llamo a Art,
que me ayuda a llenar un reporte oficial de incidencia
con el Departamento de Pesca y Vida Silvestre
de California.

Deciden no transportarla.
Eso requeriría dispararle
con un dardo tranquilizante, un trauma
demasiado arriesgado mientras esté preñada.

Territorial
Leandro

Art insiste en que incluso si transportaran a la puma
y le pusieran un collar con un rastreador,
probablemente regresaría pronto.

Los gatos son como las palomas mensajeras
que siempre buscan la seguridad
de una guarida familiar.

A veces siento que tú
eres mi único hogar verdadero, Ana Tanamá,
y cualquier montaña o costa sería fácil
de querer, siempre que mantengamos nuestras manos
entrelazadas,
con charcas
de claridad
brillando entre
nuestros dedos.

La dicha de una perra
Leandro

Asustado e inquieto, intento aguardar pacientemente,
pero es mejor hacer senderismo, acampar y nadar
en un lago tranquilo, mi único modo de demostrar
que soy valiente.

El agua estancada nunca me asusta,
y rastrear las marcas de territorio de una puma
me hace sentir seguro.
Es muy difícil que a alguien lo maten
los depredadores en California.
Vivimos en una tierra en la que los carros
son el mayor peligro.

Estoy bastante convencido de que mi perra entiende
porque sus fosas nasales dilatadas
me llevan una y otra vez
de un aroma feroz a otro,
como si yo fuese medio canino
con una nariz
muy consciente.

Nochebuena
Ana

pasan las siluetas de aves
más allá de las ventanas del faro
las alas en cámara lenta

el viento agita la densa niebla
mientras imagino mi futuro:
soledad interminable

Navidad
Leandro

Habitualmente, haría
buñuelos de yuca con un toque de sirope de anís
y cinco variedades de turrón
y tamales de maíz dulce envueltos en las verdes
hojas de un plátano y chiviricos fritos
espolvoreados con azúcar.

Este año no cocino nada.
Con Cielo a mi lado, ayudo a Art
a revisar las cámaras de los senderos en los parques
y una que hemos añadido cerca del vivero,
en donde todo está bajo llave, los trabajadores
están de vacaciones y un letrero en la reja
declara CERRADO, sin ninguna indicación
que apunte a un futuro normal.

Lleno mi imaginación con palabras
Ana

querer
y amar
a veces
son lo mismo
o tal vez un poco
diferentes

Esperar viene de la espera
pero quien espera tiene esperanza

y la palabra taína para «comienzo»
es «bi»

lo único que quiero es
una oportunidad para volver a empezar...

La Nochevieja
Ana

sin beso
solo deseos
imaginación
mi único
futuro

DÍA DE REYES
Leandro

En el Día de Reyes,
decido crear un libro lleno de regalos
para cuando Ana regrese,
cuando sea que eso ocurra.

Nudos con forma de corazones
decoran los tablones
que tiño con un tono de cedro
para hacer una pequeña biblioteca gratuita
frente al vivero cerrado a cal y canto,
el cual solo es visitado
por una puma hambrienta
y por mis ensueños silentes.

Lleno los estantes con poesía, ciencia
y cuento, y entonces añado *El libro de la alegría*,
una colección de conversaciones
entre el Dalai Lama y el arzobispo Desmond Tutu,
que son ambos hombres viejos
que mantuvieron su juventud
gracias a los chistes y las bromas, e incluso al baile
tan solo por la mera diversión del movimiento.

El segundo peor día de mi vida
Ana

El Día de Reyes marca exactamente un año
desde que vi la violencia en las noticias
cuando extremistas intentaron derrocar
al Gobierno de Estados Unidos.

Papá salió en la televisión.
Vi su ceño fruncido.
Lo vi golpear en la cara
a una policía
con una barra de metal.

Fue entonces cuando perdí la esperanza
de que mis padres
volvieran a estar juntos.

Pensé que siempre sería mi peor pesar
hasta el día en que mamá me trajo aquí,
para esconderme tan lejos de ti
que todo parece que acaba,
que nada nunca
vuelve a comenzar.

La escuela sin ti
Leandro

Ni siquiera intento escuchar.
Nada tiene sentido.
Los maestros suenan pomposos.
Los amigos me irritan.
No voy a contestar todas esas preguntas entrometidas
acerca de a dónde has ido, si estás enferma,
si nos peleamos, si voy a ir con el club
a la nueva excursión de renaturalización,
si oí del puma
que entró en un edificio
en Irvine o al que encontraron dentro
de un aula de Lengua en un preuniversitario
en Pescadero y lo del ataque
del tiburón en Lover's Point
y si acaso
todavía iré al baile
de undécimo grado
sin ti.

Te imagino

Ana

mientras nado

lejos

más allá

de los peñascos ásperos

desafío

a este furioso mar

a derrotarme con su poder

cuando ya estoy

casi completamente

perdida

¡Por fin!
Leandro

¡Tío Leno dice que se acabó la emergencia!
¡Se acabó!
Ya no hay más necesidad de que te escondas.
Ya no hay más amenazas de tu padre avaricioso.
Tú y Rosa podeis regresar
a vuestra casita de campo en el vivero,
en donde tú y yo encontraremos el modo
de empezar de nuevo como si jamás
hubieras desaparecido.

Cuando Leno me invita a ir con él
a traerte de vuelta, Cielo salta a la furgoneta
como si supiera a dónde vamos y por qué.
Los perros son mucho más inteligentes de lo que nadie
entiende, ¡sobre todo en este reino sin palabras
de emociones que rugen
y que aúllan!

Centelleo
Ana

La melodía de la voz de Cielo
llega a mis oídos
            más allá de la percusión   del agua
mientras alejo el miedo
y me sumerjo espontáneamente
para nadar
bajo el agua
hacia la orilla

luego por encima   surfeando
la fuerza   de cada ola   que me acerca
                       a ti   hasta
que por fin
¡al fin!
                manos
           cabello
      labios
enredados
¡las extremidades
en llamas!

Incomprensible
Leandro

No sé cómo
el temor a perderte
se hizo más grande que el temor
al agua

No me puedo detener a explicarme por qué
el pánico no me impidió
lanzarme de cabeza
hacia
ti

o por qué
no me desmayé

o si acaso alguna vez
volveré a ser valiente

lo único que sé
es que estamos juntos
a salvo
ahora
en esta
luz.

¡Te lanzaste al mar por mí!

Ana

El pánico
es tan impredecible
como las olas traicioneras.

¿Cómo
te
zambulliste?

¿Dónde
estaba
tu
miedo?

¿Cómo es posible que estemos en llamas
aún en el agua
agitada?

En llamas

Leandro   *Ana*

frío   empapada
resplandor   pulso
tú   nosotros
aire   salitre
orilla   lágrimas
escalofrío   centelleo
sol   calidez

          vivo
          viva
          vivos

Cielo, la perra cantora

alivio
        en llamas
                el amor
                      se eleva
                            por encima
                                  del amor

La orilla
Ana

la niebla
la bruma
el viento
el frío más allá del frío
se pliega sobre nosotros
los dedos se entrelazan
formamos una red para atrapar
y sostener
destellos
de
sol
esta
calidez
despierta
despierto
despiertos

Mira
Leandro

Hubo un día en la clase de Literatura Mundial
cuando la maestra nos dijo que el escultor Rodin
le dijo una vez al poeta Rilke
que fuera al zoológico
y *mirara*
a una pantera.

El poema que inspiró fue agridulce
con músculos cautivos y salvajes ojos felinos,
y mientras estaba ahí rilke también escribió
su famoso poema acerca de un elegante cisne.

Ahora, cuando entramos en el faro
salados, arenosos, mojados y temblorosos
te miro
y veo
esa
misma
desesperación enjaulada
combinada con las alas plumosas
de esta posibilidad de la libertad.

La extorsión
Ana

Nadie da explicaciones
hasta que los cuatro estamos a salvo
la mañana siguiente en la pastelería,
y bebemos café con leche a chorros y devoramos
dulce de guayaba con queso.

Los hombres que piensan que los demás hombres
jamás deberían llorar
no entienden la fuerza sensible
de Leandro y Leno; ambos
lloran tanto como mamá y yo.

La historia de Leno es tan descabellada
que tengo que obligarme
a escuchar todos los detalles desconcertantes,
la nota de rescate
que recibió de mi padre antes de cualquier secuestro real:
era el tipo de dinero de protección
exigido por jefes de la mafia y por bandidos
de antaño, en el campo de Cuba
durante el caos después de la derrota de España,
cuando Estados Unidos
reclamó la isla

como territorio propio, para intentar
evitar
la independencia.

La nota de rescate de papá especificaba criptomonedas,
cinco millones de dólares,
un número de cuenta de la web oscura
con números que no se pueden rastrear...

pero si Leno hubiera pagado,
entonces el criminal —papá—, habría seguido libre,
mientras mamá y yo seríamos vulnerables,
así que se informó a los agentes federales, y lo demás
parecen escenas descabelladas
de una antigua película de gánsteres.

Papá fue arrestado cerca del vivero,
todavía nos buscaba, llevaba armadura
y dos fusiles de asalto, aunque
sabía que no estaríamos preparadas
para defendernos
contra el amor que de alguna manera
se convirtió en odio.

Mítico
Ana

No sé por qué,
pero me tengo que imaginar
que algún día podré volver
a pensar en papá como una persona
en vez de una bestia híbrida
como el Minotauro
o los cíclopes.

Imaginarlo como un arquetipo
hace que me parezca demasiado peligroso
y permanente, mientras que los humanos
son previsiblemente
efímeros.

CÁNTALE A TU COMIDA
Ana

Nunca conocí a mis abuelos,
pero mamá me dijo que sus padres siempre cantaban
antes de cenar, un ritmo de gratitud
que precedía a la hartera, la melodía
y todas las palabras cambiaban constantemente
al ser improvisadas a medio camino entre
la dicha de la barriga
y la voz del corazón.

Es lo mismo para mí ahora.
Haber sobrevivido el peligro
me ayuda a apreciar cada migaja,
cada sorbo, cada aliento y todo cambia
de iluminado por el sol a follaje verde
y luego de vuelta una vez más,
y brilla dentro
de mi mente
la danza
de la gratitud.

La luz entre las sombras
Leandro

nos movemos a través de cada día
como en un ensueño, dos chorros humanos
del resplandeciente sol

Un hogar llamado mañana
Ana

Poesía y ciencia
en la pequeña biblioteca gratuita
se me ofrecen
como si te hubieras transformado
en papel, tinta, tiempo
y ensueños.

El libro de la alegría
me hace sentir
sin límites.

Es el más dulce regalo,
pero no logro descifrar
qué ofrecerte de vuelta
luego de estar lejos
durante tantos días
en una manera tan extraña
como si hubiese estado escondida
en algún planeta remoto
y ahora tú me has traído con tu voluntad
de vuelta a la Tierra.

La paz de los lugares salvajes
Leandro

El regalo tardío de Navidad que me hace Ana
es un paseo en carro
al norte a ver las más altas secuoyas de la costa,
en donde el tamaño y la edad de cada árbol
parecen sagrados.

¡Todo es antiguo y está vivo!
El bosque huele a matorrales y a tiempo.

Cielo deambula con nosotros y nos guía
desde las raíces y las agujas de las plantas en el suelo
hasta el aire y el sol en nuestras caras.

El mundo entero es un sitio reconfortante para descansar
tal como en el poema de Wendell Berry
acerca de la paz de las cosas salvajes.

Así que nos acostamos sobre una manta y escuchamos
el cantío de pájaros
que emana
de nuestros corazones.

Una gata en un árbol
Ana

Llegamos de vuelta al vivero,
exhaustos y hambrientos,
con planes de cocinar, comer y cantarle
a nuestra comida, pero es el crepúsculo
y en uno de los viejos robles
a un lado de la carretera
veo a Caona
agazapada
sobre una rama gruesa,
los ojos brillando, la boca abierta
con un gruñido silente de furia o miedo…

Me quedo en el carro con Cielo
mientras Leandro sale a hablar con la puma
que parece necesitar algún tipo de garantía
de que algún día va a tener un hogar seguro
propio.

Cuidado
Leandro

Hablar con una puma puede parecer tonto
a no ser que tu vida entera la hayas pasado
en constante conversación con una perra
que responde en su propio lenguaje
de movimiento y música, un vocabulario
de instinto sin palabras.

La gata mira hacia abajo desde una rama del roble.
Lo único que tendría que hacer para desguazarme
el cuello
es usar una rápida
mordida.

Los pumas pueden saltar quince pies hacia arriba
o treinta pies hacia delante. Nunca rugen, solo gruñen,
pían como pájaros o gimen como fantasmas...

Así que me hago todo lo grande que puedo estirándome
y canto hasta que cierra los ojos, y me da la libertad
de regresar al carro, en donde le enseño a Ana
una foto del ojo de la gata, un *close-up*:
la pupila redonda y negra, rodeada
de dorado y delimitada
      con una línea ondulada

de un cobre más oscuro,
        un ojo tan intensamente
depredador
        que sé
que he sobrevivido este encuentro
tan solo porque
        extendí mis brazos hacia arriba
y obligué a mi voz
        a que sonara enorme.

ALIVIO
Ana

No tenía que haberle dado un nombre a una criatura salvaje.
No puedo fingir que entiendo algo
acerca de la naturaleza, al menos hasta que aprenda
a escuchar y observar como un verdadero científico.

Ni siquiera se me da bien interpretar
las acciones de la gente.

Después de dejar a Caona agazapada en el roble,
me siento en la terraza acristalada con Leandro,
pero no puedo explicar
cómo me siento con respecto a su valentía alrededor de
la vida salvaje
y el modo en que se lanzó al mar
y nadó cuando pensó que me ahogaba
cerca del faro.

No sintió pánico hasta después,
cuando ambos estábamos a salvo.

¿La valentía del amor es acaso
un puente
o una barca?

Puentes y túneles
Ana

Te ayudo a hornear.
Aprendo a cocinar.
Juntos no hay nada
que no podamos lograr
en una cocina
o en una biblioteca
o en el parque salvaje
en el cual continuamos nuestras caminatas
con Cielo, mientras ella se convierte
en una experta en detectar los rastros de los pumas.

Con la guía de bibliotecarios de UC Berkeley,
investigamos la historia de los pasos de fauna.

La Trans-Canada Highway tiene cuarenta puentes
y túneles para ayudar a los animales a migrar
y aparearse.

En Kenia hay pasos subterráneos para elefantes;
en Singapur, puentes para pangolines; en Australia,
túneles para pingüinos; y, en Costa Rica, sogas
entre los árboles para que los perezosos
y los monos viajen

muy por encima de las carreteras,
incluso en lugares en donde los bosques
han sido deforestados.

A veces siento
    que tú y yo
        estamos en un puente de soga
          hecho por nosotros mismos
            una bamboleante
              trenza
                que entrelazamos
                al caminar
                y creamos
                  nuestro vertiginoso
                  paso
                  aéreo
                    de la esperanza.

La parte más dura todavía
está por venir
Ana

Tendré que testificar en el juicio de papá
por conspiración sediciosa para derrocar
al Gobierno de Estados Unidos, por intento de secuestro
de su propia hija y por docenas de otras
acusaciones descorazonadoras.

Papá el Minotauro, papá el cíclope,
mi padre el monstruo me verá en la corte
y sabrá que no lo perdono: todavía no,
tal vez nunca lo haga,
aunque mamá dice que ella sospecha
que lo embaucaron supremacistas blancos
que se las agenciaron para enseñarle a odiarse a sí mismo
y a nosotras.

Orígenes de la palabra
Ana

Mamá pronto estará divorciada.
Si se casa con Leno,
él será mi padrastro.

¿Y eso acaso qué significa? En inglés, le añaden
el prefijo «*step*» a la palabra «*father*».
«*Step*» quiere decir «paso».
Suena como la primera parte de una muy lenta
travesía desde entonces
hasta ahora
y algún día
cuando...

así que busco en un diccionario
en donde veo que el origen de la palabra «*step*»
proviene de la palabra alemana «*stoep*»...

que significa «huérfano»,
tal como que «sintecho»
significa «sin hogar».

Advertencia de tsunami
Leandro

Justo cuando todo parece casi un poco
equilibrado
y firme, una alarma suena en mi teléfono
y en todas las demás
pantallas en el pueblo, para alertar a la comunidad entera
del peligro
de una ola enorme producto de la erupción violenta
de un volcán distante
en el Pacífico sur, en Tonga, a miles
de millas de distancia.

El tsunami se aproxima
    a California, Oregón y Washington
        a una velocidad de quinientas millas por hora,
            viaja hacia nosotros como un meteoro en el espacio
            y trae aguas bravas, un remolino de altura
                sin ninguna forma predecible que un surfista
                  pudiera navegar a salvo
                    y el arrecife bajo las Mavericks
                      hará que sea incluso más arriesgado, exactamente
                  el tipo de desafío imposible
                que mi hermano anhela.

Mareado
Leandro

Una vez más me encuentro encaramado
en los faroles por encima de las descomunales olas,
esperando a
ver si Emilio
va a sobrevivir
        su esfuerzo
              de domesticar
      el caótico
   terror
del mar.

Yo no debería estar aquí,
      pero al menos tengo que intentar
         estar listo para ayudar
            de algún modo imprevisto
              en caso
                  de desastre.

Cielo, la perra cantora

canturrea respira
    canta toca
confía siéntate quédate
    a salvo

Precipicio
Ana

Todo luce imposible:
el tamaño enorme de las olas rebeldes
y la valentía de los surfistas descarriados
y la generosidad
de los rescatistas,
¿pero cuántas veces
van a salvar a los mismos que violan las reglas
antes de darse por vencidos
y simplemente dejarlos que boguen
                    más y más y más lejos?

A mi lado, tiemblas
mientras tu perra canturrea
suavemente.

Me abalanzo hacia ti en el momento exacto
para obligarte a salir del pánico
y te llevo al suelo frío, en el cual no puedes
      tambalearte
    desmayarte
  caerte.

El desmayo
Leandro

pánico
volcánico
turbulento
furioso
consciencia
palabras
que confunden
palabras
misteriosas
palabras
incompletas
oraciones
de
dolor

Te llevo en carro a casa desde el borde del desastre

Ana

Exhausto,
te hace falta descansar
así que ayudo a tu mamá y a tu tío
a cortar pan para los sándwiches
que llevaremos a San Bruno,
en donde los inmigrantes de Tonga
aguardan noticias de sus seres queridos
que están en aldeas que podrían no existir más,
arrastradas por la lava
o el tsunami.

Los isleños
de cualquier parte del mundo
entienden la paciencia necesaria
para esperar por los cuentos de subsistencia
siempre que el mar en calma
de repente se convierte
en una criatura
mítica.

Translúcido
Leandro

Mientras estaba perdido en un sueño empapado de oscuridad,
mi mente jamás imaginó este despertar deslumbrante
en pleno día, ahora mientras floto, por encima
de los antiguos pesares.

Tus dedos casi me tocan el rostro
y el aire entre nosotros
se enciende.

Te agarro la mano resplandeciente.
La luz emerge y fluye
a través de mí.

La paz
es tan luminosa
y efímera.
Tarde o temprano
volveremos
a la realidad.

Juntos a la deriva...
Ana

a través de minutos
y horas
de besos

nada importa
más allá de esta cercanía

compartimos la luz del sol
entre las sombras

aún en la densa niebla
brillamos

el amor crea
su propia flotante
                luminosidad

Las angustias de medianoche
Ana

La oscuridad se niega a dejarnos descansar.
Caemos en nuestros propios episodios de insomnio,
al tratar de escapar del miedo compartido
a las pesadillas.

Tus terrores siempre tienen forma de olas,
mientras que los míos van desde
el rostro tatuado de papá
hasta la inanición de las crías de puma cuya madre
no encuentra suficiente comida
para generar su flujo de leche.

En cada una de mis preocupaciones más graves,
siempre estoy sin techo
como
antes.

El éxito sigue al fracaso
Leandro

Parece ser que solo mi hermano sabe exactamente
qué rumbo tomar ahora: su decisión repentina
de transformarse en un nadador de rescate,
uno de los ejemplos más perfectos de metamorfosis
humana que he presenciado en la vida.

El intentar surfear tsunamis y olas de tormenta
era tan peligroso que se apartó bruscamente
de la muerte segura y aceptó una visión diferente
de su futuro.

Ahora es estudiante de la Academia de Bomberos,
y se prepara para desastres.

Quiere ser un héroe,
no una víctima.

El baile de undécimo grado
Ana

El vestido azul
        estrellado
el espíritu
        de luna en calma
la danza mental
        como un tambor
los corazones
        entrelazados
tu luz
        y la mía
rítmicas

La euforia de la noche de baile
Ana y Leandro y Cielo

muchacha, muchacho, perra
todos cantan juntos
una selva de melodías
esta música es una verdadera alegría
como si las voces salvajes
pudieran durar
para siempre...

Sorpresa en la alta noche
Leandro

Dejé la furgoneta de la pastelería
cerca de la puerta de la terraza acristalada
para que pudiéramos ir al baile juntos en el carro de Ana.

Ahora, después de bailar y girar
como si fuéramos pájaros,
regresamos y encontramos a la puma
debajo de la furgoneta,
quizás para absorber cualquier calor residual que el motor
aún soltara,
con suerte lo suficiente
para calentarse porque luce
tan necesitada, demacrada
y ya no preñada.

¿Dónde están los gatitos?
¿Los perdió o los dejó
en una madriguera secreta en alguna pendiente rocosa?
Y ¿por qué Ana insiste en llamarla Caona
cuando sabe que no debemos nombrar
a los animales salvajes
como si fueran mascotas?

Cielo, la perra cantora

conozco el olor del parto
y la placenta

Seguiría a la gata hasta su madriguera
    si me quitara el chaleco de perro de servicio
        y lo reemplazara con el arnés
            y la larga correa que llevo
                para rastrear heces y huellas felinas

pero la luz de luna
nos arraiga en este lugar toda la noche
mientras observamos
esperamos
inhalamos
esta salvaje fetidez
del hambre

El *blues* de la puma

Ana

La euforia
se desvanece en preocupación.

La ansiedad
reemplaza a la alegría.

Observamos desde la puerta de la terraza acristalada,
preguntándonos si alguno de los gatitos de Caona
sobrevivió.

Cielo levanta su hocico para inhalar un penacho de aire.
¿Puede una perra detectar el futuro con tan solo respirar
un aroma de seguridad?

La pesadumbre
Leandro

Discutimos: ¿deberíamos rastrear a la puma
hasta su madriguera
y observar a sus gatitos para asegurarnos
de que los está alimentando
o debemos dejar que la naturaleza
siga su curso?

Quiero dejar que mi perra averigüe
dónde están los gatitos.
Ana piensa que deberíamos esperar y ver qué pasa.
La luz entre nosotros se vuelve azul, luego morada,
no hay manera de recuperar
la luminosidad.

Normalmente, es Ana quien quiere considerar a la puma
su amiga, pero de alguna manera hemos
cambiado de banda.
No estoy dispuesto a esperar
a que los biólogos de vida salvaje
se reúnan, discutan, planeen y decidan
cómo manejar esta crisis.

Hubo una vez en la Florida
cuando una camada de cachorros de pantera se separó

de su madre, y le tomó tres días
encontrarlos,
pero ¿y si esta vez
toma más tiempo?
¿No morirán de hambre
los recién nacidos?

El hundimiento
Leandro

Cuando por fin vuelvo a casa
incapaz de dormir,
lo único que veo es una ola
cuando sueño despierto
una y otra vez,
    el barril rodante
        perfecto para surfear
            cada gota de agua
chispea con reflejos
de rostros ahogados
adentro.

El pánico en un ensueño
Leandro

no es diferente a estar despierto
solo que no puedo desmayarme, mi pulso se arremolina
me bamboleo en círculos
vértigo
me acuesto
y aun así
de alguna manera
también hay quietud
mientras me desplazo
a través de
profundidades
imaginarias
lentamente
floto
mis pulmones
ya no
luchan
ya he alcanzado
el profundo fondo marino
del silencio

Iridescente
Ana

La discusión fue una tontería. Ninguno de los dos sabe
qué hacer. Solo tenemos que esperar
a que los expertos decidan
en vez de dejar que nuestro brillo
se convierta en sombras.

No he llorado en meses,
desde que estaba sin techo,
pero ahora cada lágrima fluye
y resplandece
un arco iris de colores
atrapados
dentro
de cada
gota.

Cielo, la perra cantora

si tan solo los humanos entendieran la naturaleza
sus mentes de aire y fragancia
jamás se darían
por vencidas

así que olfateo
a lo largo del sendero de tierra
y rastreo el aroma salvaje de la gata
aunque en verdad mi tarea real
es ser casamentera
la guía del corazón
que encuentra
que arregla
el amor
perdido

Descubrimiento de la vida salvaje
Leandro

Cielo encuentra cuatro gatitos
solos en un refugio rocoso
rodeado de peñascos
y cavernas.

Los bebés parecen juguetes,
con las manchas en el pelaje y los ojos azules,
el dorado oscuro de los pumas adultos
todavía no se les ha desarrollado.

Tan pronto como los veo, sé
que me he equivocado: están solos
pero probablemente no sea más que un momento.

¿Y si la madre regresa y nos ataca?
Tendría que haber esperado a los expertos, en lugar
de esta pugna de siempre
para demostrar que soy valiente.

Indecisión
Ana

Leandro fue sin mí.
No esperó a que llegáramos a un acuerdo.

Esto parece una traición.
¿Debería confrontarlo con ira
o reportarlo tranquilamente a Art
y al equipo de conservación
biológica canina,
incluso si eso implica
que quedará descalificado
para el entrenamiento?

Me cuesta decidir.
Deambulo por el vivero
y recojo semillas, que etiqueto
en sobres pequeños, y creo
una pequeña biblioteca gratuita de plantas
para que los jardineros
metan la mano
y saquen puñados
de posibilidades.

Noticias de pumas en toda California
Leandro

De vuelta en casa, me escondo en mi cuarto y busco
toda suerte de artículos
que aparecen de proyectos que sigo.
M-317 ha deambulado cerca de residencias
en Orange County y ha regresado una y otra vez
siempre que se ha trasladado.

En las montañas de Santa Cruz,
los carros han matado a tantos pumas
que debajo de la autopista 17 un túnel forestal
está a punto de construirse.

P-65 y dos gatitos fueron observados al cruzar
la autopista 101 en Los Ángeles, no lejos del lugar
en donde el puente para la vida salvaje
más grande del mundo
pronto será construido: la ceremonia de inauguración
está planificada para el Día de la Tierra,
la temporada de las flores silvestres,
un tiempo de esperanza.

Pensamientos salvajes
Leandro

Me hace falta un paso de fauna salvaje
dentro de mi mente, que me lleve
lejos
                                                de las preocupaciones.

Juntos
Ana

Día de San Valentín.
Nos perdonamos mutuamente.
Tú horneas una torta de dulce de leche
decorada con flores caramelizadas
de cada color, con orquídeas comestibles, un símbolo
del pensamiento, la rosa blanca de la paz
y las margaritas, que representan la luz.

Velos de azúcar
por encima de pétalos
como un rocío
visto desde
        el faro.

        Todavía tenemos que tomar una decisión.
        No hay más nadie
           que sepa dónde están los gatitos,
pero eso tendrá que esperar a la mañana,
porque por esta noche nuestro brillo
compartido
es suficiente...

Descubrimiento
Ana

Bajo el banco cercano a la puerta de entrada
de la casita de campo,
Cielo encuentra dos cachorros de puma con ojos azules,
justo en el momento en que Leandro se va.

Caona debe haberlos traído, los ha cargado,
todos los gatos cargan a sus crías, uno a la vez,
con las nucas agarradas por mandíbulas
que saben ser
delicadas.

Al instante, ambos cachorros se acurrucan
alrededor de la perra
y la tratan como si fuera de su camada.

A LA ESPERA
Leandro

No podemos dejar a los cachorros
solos...

pero nos arriesgamos a que la madre
regrese con los otros dos y encuentre a la perra
acurrucándolos como si fuera una puma.

Así que llamo a Art para hacer un reporte de incidencia
de la vida salvaje,
y entonces esperamos, tomados de las manos,
con los dedos de Ana
y los míos que palpitan con luz mientras concentramos
toda nuestra atención
en la esperanza.

Cielo, la perra cantora

como si los gatitos
fueran mis propios
perritos
canturreo
una nana
sobre la valentía

LLAMAMOS A LOS EXPERTOS
Ana

Ya he nombrado a los dos cachorros de puma
en secreto, en mi mente —Karaya y Güey—
porque el pelaje manchado de uno es pálido como la luna
y el otro tiene el color del sol, como su madre.

Leandro y yo casi somos adultos.
Todo lo que parecía imposible
hace unos meses
ahora comienza a parecer real.

Universidad.
Carreras.
Ser libres del miedo.
Tener la valentía de tomar nuestras propias decisiones.
Lo único que nos hace falta son unas cuantas horas más
de espera a que llegue ayuda
y luego unos cuantos años de educación
y experiencia.

Así que esperamos.
Para el momento en que llegan los biólogos de la vida
salvaje,
es claro que Caona no tiene ninguna prisa en regresar.

Fecha límite
Leandro

A lo mejor en la mañana
la madre puma vendrá
a reclamar a sus cachorros.

Pero no, pasa un día entero
y la mitad del otro
antes de que por fin los bebés hambrientos
tengan que ser rescatados.

Los meten en una jaula y los llevan al zoológico de Oakland,
en donde van a ser atendidos por cuidadores
que ya han salvado
a muchos pumas huérfanos.

Lo único que Cielo, Ana y yo podemos hacer
es visitar más adelante,
cuando los cachorros estén saludables,
después de que los veterinarios
les traten la deshidratación, la malnutrición
y el envenenamiento por rodenticidas.

Esto no es un final.
Este es su comienzo.

Día de la Tierra
Leandro y Ana

El club de la renaturalización se va de excursión
a la ceremonia de inauguración
del paso de fauna salvaje más grande del mundo,
un puente con vegetación
por encima de diez carriles de tráfico
en la autopista 101, cerca de Los Ángeles.

Una isla genética en los parques de la ciudad será conectada
con las montañas de Santa Mónica, para que los pumas
encuentren pareja y tengan crías sanas...

pero el día antes de la ceremonia,
a P-97 lo mata un carro cerca de la 405,
así que todos en la ceremonia de inauguración
sentimos una mezcla emocional de pérdida
y determinación.

Es un principio,
no un final.

Imagínate un tiempo en que haya pasos
de fauna de la vida salvaje
por encima y por debajo de cada autopista en la Tierra.

Cielo, la perra cantora

sus manos se tocan
al pararse juntos
y comenzar el resto
de sus vidas
de la luz
del amor

NOTA DE LA AUTORA

Después de escribir *Tu corazón, mi cielo* y *Alas salvajes*, quise escribir una historia más de amor adolescente acerca de unos jóvenes en el proceso de descubrir el mundo natural y su lugar en él. *Sueños salvajes* es una obra de ficción, pero todos los incidentes con los pumas son reales, incluidos los paseos a través de pueblos costeros a plena luz del día y el abandono de los cachorros por parte de madres medio muertas de hambre.

La experiencia personal tuvo un papel en la escritura de esta novela. En mi adolescencia, durante un periodo breve estuve sin techo, y siempre me han provocado terror las olas del mar. Me dan ataques de pánico en los aviones y varios miembros de mi familia sufren de un tipo de ataque de pánico que puede causar desmayos, pero son a la vez gente valiente que activamente rescata a los demás en la presencia del peligro.

Durante mi crianza en Los Ángeles, había tiendas de mascotas que vendían pumas —también conocidos como leones de montaña o gatos monteses— en cautiverio como si fueran curiosidades. El estado de California pagaba una recompensa por cada puma matado por un cazador. Más recientemente, he visto huellas durante mis caminatas en las colinas, y he escuchado el chillido —más como un piar— de la madre que llama a sus cachorros, seguido de un gruñido que advierte a los desconocidos que no se acerquen a su madriguera. He visto letreros de advertencia en parques renaturalizados cerca de San Francisco, donde los pumas por lo general aparecen en los videos de las cámaras instaladas en las puertas residenciales. Rastros cerca de mi casa semi-rural cercana a Fresno fueron identificados por biólogos de la vida salvaje como pertenecientes a un puma.

Los pumas de California están divididos en diez «islas genéticas» separadas por el tráfico. En el Día de la Tierra de 2022, hubo una ceremonia de inauguración para el paso de fauna salvaje más grande del mundo: el cruce de Wallis Annenberg, cerca de Los Ángeles, que conectará a los pumas urbanos con los de las montañas de Santa Mónica. Cuando decidí escribir acerca de hábitats renaturalizados y la conectividad en California, los protagonistas emergieron como cubanoamericanos. Espero que disfrutes descubrir a Ana, Leandro y Cielo, la perra cantora, que aprende a ser una perra de conservación a la vez que una compañía y una casamentera.

AGRADECIMIENTOS

Agradezco a Dios por la naturaleza. Estoy agradecida a mi familia y amigos por su apoyo. Por la información brindada, estoy en deuda con las siguientes organizaciones: California Native Plant Society, California Mountain Lion Project, Canines for Conservation, el Golden Gate National Recreation Area, el George Wright Society, Latino Outdoors y numerosos proyectos de renaturalización en todas partes del mundo.

Un agradecimiento especial a mi fabulosa agente, Michelle Humphrey; a Mark Oshiro, autor y lector que verifica la autenticidad; a mi maravillosa editora, Reka Simonsen; a la asistente editorial Kristie Choi; a la diseñadora, Rebecca Syracuse; a la editora ejecutiva, Kaitlyn San Miguel; y a todo el espectacular equipo editorial de Atheneum.

Margarita Engle es la autora cubanoamericana de numerosos libros, entre los que se incluyen las novelas en verso *Tu corazón, mi cielo*; *La Rebelión de Rima Marín*; *El árbol de la rendición*; y *Aire encantado*, ganador del Premio de Honor de Newbery. Sus memorias en verso incluyen *La tierra al vuelo*, que recibió el Premio de Autor Pura Belpré y el Premio de Honor Walter Dean Myers, y fue finalista del Premio YALSA a la excelencia en la no ficción en literatura juvenil, entre otras distinciones. Visítala en margaritaengle.com.

Alexis Romay es autor de las novelas *La apertura cubana* y *Salidas de emergencia* y de los poemarios *Los culpables* y *Diversionismo ideológico*. Ha escrito letras para canciones de Paquito D'Rivera. Es traductor de «Yo tengo un sueño» y «Más allá de Vietnam», dos emblemáticos discursos del Dr. Martin Luther King, Jr. También ha traducido más de medio centenar de obras de literatura infantil, así como novelas de Ana Veciana-Suarez, Miguel Correa Mujica, Margarita Engle, Stuart Gibbs, Meg Medina, Adrianna Cuevas y Jason Reynolds. Vive en Nueva Jersey, con su familia. Visítalo en linktr.ee/aromay.

Inma Serrano es una trotamundos que vive con su maravillosa familia entre dos continentes: América del Norte y Europa. Aunque nació en Santander (España), se crió en Newark (Nueva Jersey) en una gran comunidad de emigrantes. Lleva más de veinte años impartiendo clases de español en escuelas independientes de Nueva Jersey. Es una bibliófila incurable que en su tiempo libre escribe y traduce literatura infantil.